Greg Johanson / Ron Kurtz
Sanfte Stärke

Übersetzung aus dem Amerikanischen: Ingrid Hampel, Würzburg.
Die Originalausgabe erschien unter dem Titel »Grace Unfolding. Psychotherapy in the Spirit of the Tao-te ching« bei Bell Tower, an imprint of Harmony Books, a division of Crown Publishers, Inc., New York.

ISBN 3-466-34293-7

Copyright © 1991 by Gregory J. Johanson and Ronald S. Kurtz.
© 1993 für die deutsche Ausgabe by Kösel-Verlag GmbH & Co., München.
This translation published by arrangement with Harmony Books,
A Division of Crown Publishers, Inc., New York.
Printed in Germany. Alle Rechte vorbehalten.
Druck und Bindung: Kösel, Kempten.
Umschlag: Elisabeth Petersen, Glonn.
Umschlagmotiv: Charles Chu.

1 2 3 4 5 6 · 98 97 96 95 94 93

Gedruckt auf umweltfreundlich hergestelltem Werkdruckpapier (säurefrei und chlorfrei gebleicht)

Greg Johanson
Ron Kurtz

Sanfte Stärke

Heilung im Geiste
des Tao te king

Mit Tuschezeichnungen und Kalligraphien
von Charles Chu

Kösel

Wir widmen dieses Buch Edgar N. Jackson, Jung Young Lee und Nelson S. T. Thayer, die uns inspiriert haben beim Beschreiten neuer Wege im Einklang mit der Weisheit der Alten; und Leif und Lily, deren Weisheit Erwachsenen hilft zu erkennen, wann es Zeit ist zu spielen.

Besonderer Dank gebührt unserem Agenten Bob Silverstein für seinen Zuspruch und Weitblick bei der Schaffung dieses Buches; Platt Arnold, Nancy Donny und Hope Johanson für den großzügigen Einsatz ihres editorischen Könnens; und Toinette Lippe, unserer Lektorin bei Bell Tower, für ihr Engagement, ihre Gründlichkeit und ihr gutes Urteilsvermögen, die sie in dieses wie auch in all ihre anderen Projekte eingebracht hat.

Das höchste Gut gleicht dem Wasser.
Es schenkt den zehntausend Dingen Leben
und ereifert sich nicht.
Es fließt an Orten, die die Menschen ablehnen,
und gleicht so dem Tao.

Dreißig Speichen teilen sich die Nabe des Rades;
doch das Loch in der Mitte bewirkt seinen Nutzen.
Forme Ton zu einem Gefäß;
erst der Hohlraum im Inneren bewirkt seinen Nutzen.
Schneide Türen und Fenster in ein Zimmer;
erst die Löcher bewirken seinen Nutzen.
Darum kommt Vorteil aus dem, was ist;
Nutzen aus dem, was nicht ist.

Tao te king; aus Kap. 8 und 11,
übersetzt von Gia-fu Feng & Jane English

INHALT

Einleitung	11
Benennen	19
Die Dunkelheit bejahen	22
In das Geheimnis eindringen	24
Willkommen heißen	27
Leer machen	29
Die Erfahrung umfangen	33
Betrachten	36
Erschaffen	41
Sich verbinden	46
Frieden schließen	49
Befähigen	54
Widerstände unterstützen	56
Sich öffnen	64
Verkörpern	67
Vertrauen	71
Die Wahrheit suchen	74
Die Schöpfung bejahen	77
Beanspruchen	81
Die Natur beobachten	84
Die Mitte finden	87
Wandern	90
Wieder Kind werden	94
Die Kontrolle aufgeben	99
Umgang mit Feinden	102
Mitgehen	107

Einfach sein	112
Nicht streben	115
Springen	118
Sich zurückziehen	122
Den Horizont erweitern	125
Die Tugend fördern	134
Die Masken abnehmen	140
Ausdehnen	143
Schluß	149
Schlüssel zu den chinesischen Schriftzeichen	153
Adressen	155

EINLEITUNG

*Der große Weg ist sehr eben und gerade,
und dennoch liebt das Volk die Abwege.*
Wu, 53

*Manche sagen, meine Lehre sei Unsinn.
Andere nennen sie zwar groß,
aber unbrauchbar.
Doch für jene, die in sich hineingeschaut
haben,
ergibt dieser Unsinn großen Sinn.*
Mitchell, 67

Irgendwann zwischen dem sechsten und vierten Jahrhundert v. Chr. hinterließ uns der geheimnisvolle Lao Tse das *Tao te king*, ein Buch, das zur Grundlage der spirituell-philosophischen Denkschule Chinas werden sollte, die man Taoismus nennt. Die genaue Identität des Lao Tse (»alter Meister«) verliert sich im Nebel der Zeit. Der Überlieferung nach soll er ein älterer Zeitgenosse des Konfuzius gewesen sein, vielleicht ein Hofarchivar, der dieses Buch der Weisheit widerstrebend zusammenstellte zum Wohle der Regierenden. Obwohl von Lao Tses Werk mehr als hundert englische Übersetzungen angefertigt wurden, behielt man im allgemeinen seinen chinesischen Titel *Tao te king* bei, den man als »Das Buch (*king*) vom Weg (*tao*) und seiner Tugend (*te*)« wiedergeben könnte. Das *Tao te king* ist ein mystisches oder spirituelles Buch; es zeigt das Tao oder den Weg als die Quelle, die Wahrheit oder das schöpferische Urprinzip hinter all den Erscheinungen des Lebens. Wie Gott in der westlichen Tradition läßt sich das Tao nicht in Worte fassen. Als praktisches philosophisches Handbuch ermuntert uns das *Tao te king* zur Verkörperung der Tugend, zu einem Leben in Übereinstimmung mit der Realität des Tao. Mit poetischer Anmut will es uns helfen, unser Sein und unser Tun in harmonischen Einklang zu bringen.

Lao Tses Lehre wurde niedergeschrieben in einer Zeit des Zerfalls überkommener Strukturen. Durch die Einführung neuer Technologien entwickelten sich Handwerk und Handel. Die Herrscher protzten mit ihrer Macht, entwickelten neue Waffensysteme und riefen nach Recht und Ordnung, um die ruhelosen Massen in Schach zu halten. Der Konfuzianismus, die damals gültige Philosophie, betonte die Werte des Konformismus und des weltlichen Besitzes. Das Leben war hektisch und unglücklich.

In jener unbeständigen, verwirrenden Zeit, in der es scheinbar so viel zu tun gab, führte Lao Tse die Begriffe des Nichtseins, des Nichttuns und der Gewaltlosigkeit ein. Nicht-Sein war für die Chinesen ein revolutionärer Gedanke. Auch der westlichen Welt hat dieser Begriff seit jeher Schwierigkeiten bereitet, denn er bedeutet nicht »nichts« oder »Leere«, wie die Griechen und ihre Nachfolger es verstanden. Für Lao Tse ist das Nichtsein die Grundlage des Seins, es ist also dem »alles«

näher als dem »nichts«. Wie bei der Nabe eines Rades oder der Höhlung einer Tasse bewirkt der Leerraum den Nutzen der Dinge. Das Nichtsein schafft den Raum für die Existenz des Seins. Ein analoger Gedanke findet sich in einem alten jüdischen Mythos, der besagt, daß am Anfang Gott alles war; Gott konnte demnach nur schaffen, indem er sich zurückzog, verschwand, um Raum freizugeben für die Entstehung von Leben. Nichtsein bedeutet, sich nicht mit einem Teil von irgendetwas oder sich selbst zu identifizieren, sondern alles anzunehmen und nichts auszuschließen. In ähnlicher Weise bedeutet Nicht-Tun für Lao Tse nicht nichts tun, sondern vielmehr nicht einzugreifen, nur das zu tun, was natürlich ist und im Einklang mit dem Fluß unserer sich ständig verändernden Welt.

Nichtsein und Nichttun waren so extreme Begriffe, daß niemand so recht etwas mit ihnen anzufangen wußte. Einer wahrscheinlich legendären Überlieferung zufolge soll Konfuzius einmal mit Lao Tse zusammengetroffen sein. Danach sagte er: »Lao Tse ist wie der Drache, der mein Wissen übersteigt.« Dennoch erkannte man intuitiv die unmißverständliche Richtigkeit der Lehre des Lao Tse. Untergründig erlangte sie kraftvollen, wenn auch subtilen Einfluß, der über die Jahrhunderte hinweg bis zum heutigen Tag wirksam geblieben ist. Lao Tse verwies auf das Einfache und nicht Erzwungene, auf sanften Einfluß anstelle von Anstrengung oder Kampf. Für ihn bedeutete Nichttun nicht, sich aus dem Leben zurückzuziehen, sondern vielmehr, sich im Leben durch aktives und bewußtes Aufrechterhalten der Harmonie mit dem Lauf der Dinge zu verwirklichen.

Zusammen genommen fördern Nichtsein und Nichttun die

Gewaltlosigkeit. Gewaltlosigkeit bedeutet Vertrauen in die Schöpfung, insbesondere in die natürlichen Veränderungen, die aus dem Zusammenspiel von Sein und Nichtsein erwachsen. Es ist die Verpflichtung, nicht in die Prozesse des Lebens einzugreifen, sondern deren spontane, organische Weisheit zu feiern. Gewaltlosigkeit fördert die Achtung vor den feinen, fast nicht wahrnehmbaren Bewegungen von Geist, Körper und Gemüt und bringt eine Nachgiebigkeit oder Weichheit hervor, die diesen Bewegungen folgt und sie nährt und nicht etwa korrigiert oder bekämpft.

Der Geist der Gewaltlosigkeit manifestiert sich in einem besonderen Bewußtseinszustand, den die Buddhisten lange nach Lao Tse »Achtsamkeit« nannten. Achtsamkeit bezeichnet ein waches, aber entspanntes Bewußtsein. Es beschränkt das Wahrgenommene nicht, fügt nichts hinzu und greift nicht ein. Es ist eine Form reiner Aufmerksamkeit, die rezeptiv ist und unsere Wahrnehmung dessen, was ist, fördert. Achtsamkeit ist ein wirkungsvolles therapeutisches Werkzeug, wenn wir erforschen wollen, wie wir unsere Anschauungen von der Welt entwickeln. Sie erlaubt eine mutige, aufrichtige Begegnung mit der gegenwärtigen Realität, mit dem, was im Augenblick schlicht und einfach *ist*.

Lao Tse war ein heftiger Kritiker der Institutionen seiner Zeit, er entwickelte aber auch positive Alternativen. Unsere Absicht ist es hier zu überlegen, wie der Geist und die Prinzipien seines *Tao te king* die psychotherapeutische Praxis unserer Zeit, die der seinen nicht unähnlich ist, erhellen und leiten können. Dabei streben wir keine Vollständigkeit an. Es ist vielmehr unser Ziel, einige Klänge seiner Weisheit in Herz und Geist widerhallen zu lassen. Wir haben auch, unter verändertem Namen, einige Fallbeispiele angeführt. Sie sollen dazu dienen, ein Gefühl für die Atmosphäre, den Stil und die Technik einer Psychotherapie, die den Prinzipien des *Tao te king* folgt, zu vermitteln und zu verdeutlichen, wie Lao Tses Weisheit Grundlage und Rahmen bieten kann, wenn es darum geht herauszufinden, welche Technik auch immer in einem gegebenen Augenblick nützlich ist.

Genaugenommen stammen die hier genannten Beispiele aus der Hakomi-Therapie, die wir in Amerika zusammen mit Halko Weiss und unseren Kollegen vom Hakomi Institute of Europe entwickelt haben. Die Wurzeln der Hakomi-Therapie wiederum liegen in vielen Therapieformen, die vorher kamen, insbesondere der Arbeit von Perls, Gendlin, Pesso, Feldenkrais, Erickson, Lowen und Pierrakos, sowie in den Traditionen des Taoismus, Buddhismus, der allgemeinen Systemtheorie, und den Wissenschaften der Komplexität, die die Natur der lebenden, organischen Systeme untersuchen. Viele ausgezeichnete Therapeuten aus einer Vielzahl von Traditionen, die niemals von Lao Tse hörten, haben intuitiv ihren eigenen Weg zu einem taoistischen Stil gefunden, wie er sich in diesem Buch widerspiegelt. Das kommt unseres Erachtens daher, daß Lao Tse eine Weisheit benannte, die sich auf das Schöpferische gründet, und schöpferische Therapeuten, die offen sind, in ihrer Arbeit mit anderen ständig auf die Wahrheit dieser Weisheit stoßen und davon lernen.

Wir schreiben für Klienten und Therapeuten gleichermaßen aus der Überzeugung heraus, daß es keine Geheimnisse zu geben braucht. Je mehr wir als Klienten über die Therapie wissen, desto besser können wir uns mit unseren Therapeuten verbünden, um heilendes Wachstum zu fördern. Je mehr wir als Therapeuten wissen, desto besser ausgerüstet sind wir, unsere Klienten darin zu unterstützen, das Maximum aus ihren therapeutischen Möglichkeiten herauszuholen. Je mehr wir alle über das Tao wissen, desto besser können wir das grundlegende Paradoxon erfassen, das Therapie überhaupt möglich macht: einerseits erkennen wir, daß etwas sich ändern muß. Das Wesen des Lebens aber *ist* Veränderung. Wir müssen uns nur der Veränderungen bewußt werden und uns kreativ mit ihnen bewegen. Sollten wir uns dennoch nie verändern, so wäre dies auch in Ordnung. Unser Wert als Mensch hängt davon nicht ab. Wir alle sind Kinder des Tao, selbst wenn wir destruktiv und verletzend leben. Während unser Inneres sich nach der größeren Freiheit, Integration und Verbundenheit sehnt, die zu entdecken die Psychotherapie uns helfen kann, neigen wir dazu, uns dem Wachstum in einer Situation zu widersetzen, die uns suggeriert, daß wir nur dann akzeptabel sind, wenn wir jene Freiheit und Verbundenheit erreicht haben. Die Würde eines therapeutischen Settings soll uns beschützen und darin versichern, daß wir grundlegend gut sind. Diese Bestätigung kann uns dann frei machen, lebenserfüllende Veränderungen ins Auge zu fassen und umzusetzen und unsere Barrieren, die uns von einem befriedigenderen Leben abhalten, zu erkennen und zu erforschen, wenn sie auftauchen.

Obwohl wir für Klienten, Therapeuten und andere interessierte Leser schreiben, haben wir vor allem den Klienten im Auge. Dieses Buch ist also ein persönlicher Brief von uns, den Autoren, an gegenwärtige oder künftige Klienten. Wir bringen zum Ausdruck, was wir in unserer eigenen Erfahrung als Klienten als hilfreich empfunden haben. Wir hoffen, damit anderen zu helfen, zu einer befriedigenden Therapie zu finden. Wir ermuntern alle Klienten, immer wieder auf ihre eigene Weisheit zurückzugreifen und die Wahrheit ihrer Erfahrung der unsrigen gegenüberzustellen.

Dieses Buch ist sowohl kontinuierlich als auch diskontinuierlich aufgebaut. Beim Kommentieren ausgewählter Texte aus dem *Tao te king* halten wir uns an die traditionelle Kapitelabfolge, doch wo es gut zu den behandelten Themen paßt, streuen wir auch Zitate aus späteren Kapiteln ein. Das hat nichts mit der linearen Vorgehensweise zu tun, an die wir im Westen so gewöhnt sind: Das asiatische Schrifttum ist geprägt von Zirkularität, die auf die Verwobenheit allen Denkens verweist.

Es gibt viele gute Übersetzungen des *Tao te king*. Wir stützen uns auf einige von denen, die uns am besten gefallen. Aus welchem Kapitel ein Text stammt und welcher Übersetzung er entnommen wurde, wird in Klammern angegeben.* Lao Tse brachte dem weiblichen Prinzip besondere Wertschätzung entgegen. Stephen Mitchell trägt dem in seiner Übersetzung Rechnung, indem er den Meister oder Weisen mal männlich, mal weiblich sein läßt. In anderen Übersetzungen ist der Weise immer männlich. Da in der Mehrzahl der von uns verwendeten Zitate aus dem *Tao te king* das Maskulinum gebraucht wird, haben wir in vielen unserer Therapiebeispie-

---

* Die Übersetzungen wurden entnommen aus Wing-tsit Chan, *The Way of Lao Tzu*; Chang Chung-yuan, *Tao: A New Way of Thinking*; Gia-fu Feng und Jane English, *Tao Te Ching / Lao Tsu*; Robert G. Henricks, *Lao-Tzu Te-Tao Ching*; Stephen Mitchell, *Tao Te Ching*; Richard Wilhelm, *Tao Te Ching: The Book of Meaning and Life* (dt.: *Laotse. Tao te king. Das Buch vom Sinn und Leben*. Köln: Diederichs, 1982); und John C.H. Wu, *Tao Teh Ching*. Interpretierende Paraphrasen von Ron Kurtz wurden ebenfalls aufgenommen. Anm. d. Übers.: Die deutsche Übersetzung folgt diesen genannten Texten.

le die weibliche Form gewählt. Um generell beide Geschlechter einzuschließen, werden Plural, männliche und weibliche Form im Wechsel verwendet.

Die einzelnen Kapitel des Buches können unabhängig voneinander gelesen werden, obwohl sich auch ein roter Faden durch das ganze Buch zieht. Wir schlagen vor, sich diesem Buch meditativ zu nähern. Lesen Sie ein Kapitel langsam. Seien Sie offen dafür, daß es Saiten in Ihnen anschlägt, die Übereinstimmung mit oder Abweichung von Ihrer eigenen Erfahrung signalisieren. Seien Sie neugierig. Erforschen Sie, was immer Sie wahrnehmen. Nehmen Sie sich die Zeit, die emporkommenden Erinnerungen und Assoziationen aufzunehmen. Ein Gedanke, ein Gefühl, eine Empfindung oder eine Erinnerung, die in Ihnen aufsteigt, könnte zu etwas führen, das Ihnen bei Ihrer Selbsterforschung nützlich sein kann. Vertrauen Sie darauf, daß das Tao während des Lesens wirkt und die Wasser in Ihnen aufrührt.

Und schließlich müssen wir eingestehen, daß wir als Autoren von Anfang an in Probleme kommen, denn, wie das *Tao te king* sagt,

Wer weiß, spricht nicht.
Wer spricht, weiß nicht.
Feng & English, 56

Greg Johanson und Ron Kurtz
The Hakomi Institute, 1991
Boulder, Colorado

BENENNEN

*Das Tao, das sich darlegen läßt,
ist nicht das ewige Tao;
Der Name, der sich nennen läßt,
ist nicht der ewige Name.
Das Namenlose ist der Ursprung
von Himmel und Erde;
Das Namhafte ist die Mutter aller Dinge.*

Chan, 1

Von Anfang an verweist das *Tao te king* auf die Unvermeidlichkeit und gleichzeitige Unzulänglichkeit von Worten. In der Psychotherapie können die Worte, die wir gebrauchen, Bedeutung erzeugen aber auch abtöten. Worte können benennen und Bedeutung schaffen, sie können Erfahrungen ausdrücken und verständlich machen. Sie erfassen jedoch nie genau, was *ist*. Wir können uns in Worten verlieren. Sie können uns von unserer Erfahrung abtrennen, indem sie ihr eine falsche Bedeutung aufzwingen, statt in Übereinstimmung mit ihr zu sein. Die Erfahrung ist fundamental, auch wenn wir sie ohne Worte nicht artikulieren können.

Um so gute Klienten wie nur möglich zu sein, müssen wir in uns hineinschauen und genau auf das achten, was wir erfahren. Wir sollten unsere Erfahrung nicht voreilig in Worte fassen, denn damit könnten wir ihr eine Bedeutung überstülpen und die Chance vertun, aus ihr zu lernen. Es ist am besten, wenn wir uns auf unser jeweiliges Sein konzentrieren und bereit sind, dort ohne Worte zu verharren, bis das, was wir erfahren, selbst die Worte hervorbringt.

Ein Beispiel: Linda ging zu einem Therapeuten, weil sie sich niedergeschlagen fühlte. Sie sagte, daß sie traurig sei. Der Therapeut lud sie dazu ein, ihre Wahrnehmung nach innen auf ihre Traurigkeit zu richten, zu untersuchen, wie diese sich in ihrem Körper zeigte, und darauf achtzugeben, ob ihre körperliche Erfahrung das Wort »traurig« als genaue Beschreibung ihres Zustands bestätigte. Vielleicht war »traurig« das richtige Wort. Wenn ja, würde sich das einstellen, was Eugene Gendlin, der Begründer der Focusing-Methode, als »felt sense« der Richtigkeit beschreibt. Sobald wir das richtige Wort zu ihrer Beschreibung gefunden haben, verschiebt sich etwas in unserer Erfahrung. Wenn wir bei unserem richtigen Namen genannt werden oder das, was wir erfahren, richtig benannt wird, entspannen wir uns und atmen leichter, da wir uns verstanden fühlen. Für Linda war »traurig« allerdings nicht ganz das richtige Wort. Ihr Körper sagte ihr, daß es sehr nahe kam, aber doch nicht ganz richtig war. Sie verharrte bei ihrer Erfahrung und erlaubte ihr so, ihr mehr über sich selbst zu sagen (im Gegensatz dazu, daß sie ihrer Erfahrung oder ihrem Therapeuten gesagt hätte, um was es sich handelt); das Wort »trauern« kam zum Vorschein. »Ja«, sagte ihre Erfahrung, »›trauern‹ ist das passende Wort«. Linda entdeckte durch diese Erfahrung, die sich selbst bestätigte, einen Aspekt ihrer Wahrheit. Diese unmittelbare Verbindung ermöglichte ihr sogar, noch weiter vorzudringen zu dem, was sie war, um wen oder was sie trauerte und was sie brauchte. Wenn sie ihre Erfahrung voreilig mit dem Etikett »traurig« versehen hätte, hätte sie sich von ihrer inneren Realität abgetrennt, und es wäre ihr vielleicht nie gelungen, die Trauer zu verstehen, die ein Teil von ihr selbst war. Das Tao ist Leben, Verbundenheit, nicht Abstraktion.

DIE DUNKELHEIT BEJAHEN

*Doch Geheimnis und Erscheinungen
entspringen einer Quelle.
Und diese Quelle heißt Dunkelheit.*

Mitchell, 1

Das Geheimnis ist die Quelle des Verstehens. Logischerweise können wir nicht aus dem lernen, was wir schon wissen. Deshalb ist Psychotherapie oft so langweilig. Sie dreht sich um Geschichten, Rechtfertigungen, Rationalisierungen, Gedanken und Theorien, die wir schon kennen. Ein und dieselbe Zeitung zum neunzigsten Mal zu lesen, ist weder interessant noch nützlich.

*Obgleich seine Schlichtheit unscheinbar scheint,
kann niemand auf der Welt es [das Tao] meistern...
Sind aber die Namen einmal da,
wisse, daß es Zeit ist einzuhalten.*

Chan, 32

Geheimnisvolles läßt sich nicht so recht benennen. Wir können zum Beispiel irgendein Unbehagen in unserer Brust *fühlen.* Wenn es uns gelingt, uns von der Vorstellung freizumachen, es gleich analysieren zu müssen, um es von seiner unkontrollierbaren Namenlosigkeit zu reinigen, können wir zu einem besseren Verständnis gelangen. Sich einfach mit diesem Unbehagen anzufreunden (statt zu versuchen, es irgendwie zu verändern) und es so vollständiger zum Vorschein kommen zu lassen, führt möglicherweise dazu, daß unsere Erfahrung ja sagt zu den Worten »Angst vor Konflikten«. Diese Worte werden uns dann nicht von unserem Verstand aufgezwungen. Sie entspringen der geheimnisvollen Region des Nichtwissens. Indem wir für die Regungen unseres Bewußtseins empfänglich werden, sammelt sich um unsere unbehagliche Angst automatisch weitere Information. Vielleicht tritt zusätzlich die Bedeutung zutage, daß wir schon wieder Gefahr laufen, uns zu verleugnen. Wir erkennen, daß wir daran dachten, uns den Bedürfnissen eines anderen unterzuordnen, der es unserer Einschätzung nach nicht ertragen kann, wenn wir unsere eigenen Wünsche zum Ausdruck bringen. An diesem Punkt haben wir die Möglichkeit zu entscheiden, ob wir unsere Angst, uns anderen gegenüber auszudrücken, weiter untersuchen wollen. Wir können tiefer in ihr Geheimnis eindringen und uns zu ihrem Ursprung *führen lassen* und letztlich zu dem, was diese Angst braucht, um die Sicherheit zu finden, daß Selbstausdruck sowohl möglich als auch nützlich sein kann.

Dunkelheit in der Dunkelheit.
Das Tor zu jeglichem Verstehen.
        Mitchell, 1

IN DAS GEHEIMNIS EINDRINGEN

*Beständiges Nichtbegehren führt
zum Sehen des Geheimnisses.
Beständiges Begehren führt
zum Sehen der Erscheinungen.*

Feng & English, 1

Um in das Geheimnis einzudringen, in dem Lernen stattfinden kann, müssen wir sowohl Begehren als auch Kontrolle aufgeben. Das Begehren, Recht zu haben, muß einer Offenheit und Empfänglichkeit für das, was ist, Platz machen.

*Nicht handeln zu müssen,
führt zu tiefem Verstehen.
Handeln zu müssen,
führt zum Wissen über praktische Dinge.
Kern und Schale sind Teile
desselben Ganzen.
Wer offen und unschuldig ist,
läßt Verstehen möglich werden.*

Kurtz, 1

Den Drang zu essen, wenn wir nicht hungrig sind, brauchen wir nicht zu bezwingen oder zu kontrollieren. Wenn wir ihm einfach mit Neugierde und freundlicher Aufmerksamkeit begegnen, kann er zum Vehikel der Selbsterforschung werden. Justin hatte solch einen Drang. (Bei der Beschäftigung mit diesem oder den folgenden Beispielen sollte man nicht vergessen, daß wir keiner linearen Gedankenführung folgen, die uns tiefer in den Prozeß der Therapie bringt. Vielmehr ist es wie ein einfacher therapeutischer Prozeß, den wir durch verschiedene Facetten des *Tao te king* betrachten. Indem wir ihn aus verschiedenen Blickwinkeln erhellen, bekommen wir ein besseres Gefühl für seine Einheit und Verbundenheit mit dem größeren Tao des Lebens.)

Justin wurde ermuntert, seinen Eßdrang zu erforschen. Er experimentierte damit, langsam seine Hand nach vorne auszustrecken, als wollte er etwas zu essen ergreifen, und sie dann bewußt zurückzuhalten. Während er dies tat, beobachtete er alles, was passierte – welche Gefühle, Empfindungen, Worte, Gedanken, Erinnerungen und Impulse spontan in ihm aufstiegen. So drang er ein in das Geheimnis seiner Erfahrung und folgte ihr ganz einfach. Er kontrollierte nichts, steuerte nichts, erzwang nichts. Er war lediglich Beobachter, so, als stünde er am Rand eines Teiches und betrachtete die Ringe, die ein emporschnellender Fisch auf der Wasseroberfläche erzeugt hat.

Der emporschnellende Fisch ist die Vorstellung des Greifens. Der Teich ist Justins bewußte Wahrnehmung. Die Ringe sind das, was in bezug auf das gedankliche Experiment geschieht. Der Beobachter ist der Teil von Justin und von uns, der zurücktreten kann, um zu verfolgen, was innerlich vor sich geht, ohne unbewußt in das Geschehen verwickelt zu werden. Mechanisch nach etwas Eßbarem zu greifen und es zu verzehren, ist qualitativ etwas anderes, als den Greifimpuls zu beobachten, zu untersuchen und zu erforschen. Die Fähigkeit, unsere Handlungen zu reflektieren, unterscheidet uns menschliche Wesen von Maschinen. Während Justin seinen Greifimpuls bewußt und reflektierend erforschte, trat ein Gefühl unbedingter Notwendigkeit in sein Bewußtsein. Diese Notwendigkeit wurde ein neues Geheimnis für ihn. Er erforschte ihre Beschaffenheit, indem er zum Beispiel darauf achtete, wie sie sich in seinem Körper zeigte und welche Gefühle damit einhergingen. Allmählich wurde ihm bewußt, daß er den Eßdrang verspürte, um sein Gefühl zu stützen, stark zu sein. Stark wofür? – fragte er sich. Um den Anforderungen der nächsten Situation gerecht werden zu können, – antwortete sein Bewußtsein. Da begann er zu verstehen, was ihn getrieben hatte. Er kam gewohnheitsmäßig und automatisch einem Bedürfnis nach, den Erwartungen anderer gerecht zu werden. Diese Erkenntnis machte ihn traurig. Als Justin seine Traurigkeit näher erforschte, entdeckte er jenen Teil seiner selbst, der annahm, daß er von anderen nicht akzeptiert würde, wenn er ihre Erwartungen nicht erfüllte. Diese Annahme hatte sein Empfinden so gestaltet, daß der Eßdrang und die anderen Dinge, die ihm nun bewußt geworden waren, entstanden. Durch einfaches Beobachten seiner Erfahrung, ohne zu versuchen, sie durch Analysieren und Kategorisieren zu verändern oder zu kontrollieren, konnte er aus ihr lernen. Er entdeckte, daß eine Verbindung bestand zwischen dem, was an der Oberfläche und dem, was tief in seinem Inneren passierte.

WILLKOMMEN HEISSEN

*...die Meisterin handelt, ohne zu tun,
und lehrt, ohne zu reden.
Dinge erscheinen,
und sie läßt sie kommen;
Dinge verschwinden,
und sie läßt sie gehen.*
Mitchell, 2

Die Weise oder Meisterin wirkt, ohne zu werten. Sie ist offen und kann alles, was ist und was nicht ist, willkommen heißen und annehmen. Wenn wir sagten: »Ich kann jetzt nicht denken«, wäre ihre Antwort sicherlich nicht: »Doch, du kannst denken. Na los! Denke!«, sondern: »Horche in den Teil von dir, der nicht denken kann. Vielleicht wird er dir mehr über dich selbst verraten.« Die Weise sieht einfach das, was ist, und kümmert sich darum, insbesondere um die Dinge, die spontan in unserer Erfahrung zum Vorschein kommen. Diese Haltung des Akzeptierens und Umfangens und des Vertrauens auf das, was ist, ist weniger eine Technik als ein wortloses Prinzip. Die Weise fügt dem Prozeß nichts hinzu, sie fördert lediglich die Vereinigung mit ihm. Diese Haltung ist Ausdruck des Nichttuns. Die Weise will keine Anerkennung dafür, etwas bewirkt zu haben, wenn wir anfangen zu verstehen, was hinter unserer Denkblockade steckt. Wir werden lediglich von dem bestärkt, was ist, und können in einer Weise weitergehen, die nicht von der Klugheit oder Einsicht der Therapeutin abhängt.

> *Sie hat, ohne zu besitzen,*
> *handelt, ohne zu erwarten.*
> *Wenn ihr Werk vollbracht ist, vergißt sie es.*
> *Deshalb währt es für immer.*
>
> Mitchell, 2

LEER MACHEN

Darum regiert der Weise also:
Er macht ihr Herz leer
und füllt ihren Bauch.
Er schwächt ihren Ehrgeiz
und stärkt ihre Knochen.

Er sorgt stets dafür, daß die Leute ohne
Wissen und ohne Begehren sind.
Wenn es ihm gelingt, daß jene,
die wissen, nicht zu handeln wagen,
dann gibt es nichts,
das nicht in Ordnung wäre.

Henricks, 3

Lao Tse legt dar, daß die Menschen zu größerer Kraft und Zufriedenheit gelangen, wenn der Weise ihnen hilft, ihr Herz von Ehrgeiz, Begierde und Anmaßung frei zu machen. Für viele von uns muß die Therapie mit einem Prozeß des Leermachens beginnen. Meister Eckhardt sagt, daß wir Gott nicht durch Hinzutun, sondern durch Wegnehmen finden.

Wer das Lernen übt, vermehrt täglich;
wer das Tao übt, vermindert täglich.

Wu, 48

Wenn wir in Therapie sind, müssen wir dem Therapeuten oder der Therapeutin ein wenig von unserer Geschichte erzählen, um eine Brücke des Verständnisses zu bauen, von der aus die Erforschung ihren Weg nehmen kann. Auf diese Weise vermitteln wir auch, was wir schon wissen und was wir uns erhoffen. Es ist jedoch nicht hilfreich, Theorien, Erklärungen, Beispiele, Rechtfertigungen und Geschichten über Geschichten von uns zu geben. Dabei laufen wir Gefahr, nur unseren Verstand zu involvieren, der oft schon überladen, ummauert und von festgelegten Antworten beherrscht ist. *Über* unser Leben zu sprechen und es zu analysieren, als ob man über Vergangenes Bericht erstattete, trägt nicht dazu bei, zu unserem Kern vorzudringen. Unser Kern ist jener zentrale, meist unbewußte Ort in unserem Inneren, der bestimmt, wie wir Ereignisse erleben, indem das, was uns widerfährt, durch vorgefaßte Anschauungen über das Leben gefiltert wird.

Die Erfahrung ist unserem Kern näher als die Analyse – konkrete, leidenschaftliche, unmittelbare, gefühlte Erfahrung. Unseren Kern erreichen wir am leichtesten, wenn wir unser Denken leer machen von Theorien und unsere Wahrnehmung nach innen lenken auf die gegenwärtige Erfahrung. Durch die Versenkung in einen Zustand, den die Buddhisten »Achtsamkeit« nennen, kann sich die Therapie von einem Gespräch mit der Therapeutin über unser Leben in der fernen oder unmittelbaren Vergangenheit hinbewegen zu einer Erforschung unseres gegenwärtigen Innenlebens.

Achtsam zu werden ist mit dem Loslassen des Ehrgeizes verbunden, die Dinge unter Kontrolle zu halten, Probleme zu lösen oder etwas zu leisten. Statt dessen nehmen wir die Position des Beobachtens ein. Ein Beobachter ist passiv in dem Sinne, daß er nichts absichtlich bewirkt – wie der Betrachter von kleinen Wellen auf einer Wasseroberfläche. Der Beobachter ist vielmehr von dem Wunsch getragen, das Hochkommende anzuschauen und aufzunehmen und daraus zu lernen. Das Bestreben, unser bereits vorhandenes Wissen zu bestätigen und zu untermauern, weicht der Bereitschaft, Urteile und festgefügte Ordnungen zu revidieren. Wir lassen uns mit neugieriger Experimentierfreude auf die Konfusion und das Geheimnis dessen, was da kommen mag, ein, ohne zu wissen, was wir vielleicht entdecken werden. Alles, was ist, heißen wir willkommen, nehmen wir an und kosten wir aus. Wir verlangsamen unser Tempo und lassen automatische Reaktionen los, die uns sonst immer gleich sagen, was etwas ist und was es zu bedeuten hat. Oft verlieren wir das Gefühl für Raum und Zeit, wie ein Kind, das ganz ins Spiel versunken ist. Die Achtsamkeit erforscht und entdeckt wie das Spiel. Obwohl dieses Beobachten zu einem wachen, klaren Bewußtseinszustand führt, ist es ganz anders als das Alltagsbewußtsein, in dem unsere Wahrnehmung nach außen gerichtet, auf einen engen Bereich konzentriert und darauf aus ist, ein Ziel zu erreichen; schnell, automatisch, gewohnheitsmäßig und durch einen Raum-Zeit-Kontext strukturiert.

Ein guter Therapeut lädt uns und sich selbst zu achtsamem Nichttun ein. Wenn wir sagen: »Ich habe Angst«, bringen uns Fragen wie: »Was glauben Sie, *warum* Sie Angst haben?« nur zu angestrengter Analyse. Es gibt verschiedene Wege, ein empfängliches, achtsames, nichttuendes Bewußtsein zu begünstigen. In jedem Falle handelt es sich um Variationen von Fragen oder Anweisungen, die uns auf unsere Erfahrung als einzig mögliche Wissensquelle zurückverweisen.: »Wie ist deine Angst?«, »Wo in deinem Körper spürst du die Angst?«, »Welche Bewegung will die Angst in dir auslösen?«, »Was sagt dir die Angst über das, was du brauchst, um dich weniger ängstlich zu fühlen?«

Wenn es uns als Klienten gelingt, bei unserer Erfahrung zu bleiben, sie zu beobachten, ohne den Kontakt mit ihr zu verlieren, und über sie zu sprechen, ohne uns von ihr zu entfernen, dann hat sie eine Chance, sich zu vertiefen. Dann führt eine Erfahrung zur nächsten, und dieser Prozeß bewegt sich von den Oberflächenerfahrungen zu den Kernanschauungen, die die Erfahrungen hervorbringen und organisieren. Diese Bewegung hat eine Qualität, wie in unbekanntes Neuland vorzudringen. Weder Klientin noch Therapeutin wird es dabei langweilig. Durch das gemeinsame Entdecken lang vergrabener Erinnerungen und der Ereignisse und Lektionen, aus denen sich unsere Grundanschauungen formten, entstehen Anteilnahme und Achtung. Gewöhnlich fällt es uns leichter, unsere innere Erfahrung zu beobachten, wenn wir unsere Augen schließen. Die meisten von uns tun dies automatisch. So schalten wir die Ablenkungen der äußeren Welt für den Augenblick aus und konzentrieren unsere Wahrnehmung schärfer auf unsere innere Welt.

> *Wenn sie meinen, die Antwort zu kennen,*
> *sind Menschen schwer zu leiten.*
> *Wenn sie wissen, daß sie nicht wissen,*
> *finden sie ihren eigenen Weg.*
>
> Mitchell, 65

DIE ERFAHRUNG UMFANGEN

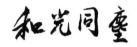

Das Tao ist leer (wie eine Schale).
Es läßt sich benutzen und bleibt doch
unerschöpflich.
Es ist ohne Grund, vielleicht
der Ursprung aller Dinge...
Es wird eins mit der staubigen Welt.

Chan, 4

Lao Tse preist den Wert von Leere und Nichtsein. Dies sind positive Begriffe. Nichtsein birgt großen Nutzen.

Dreißig Speichen streben zu einer Nabe;
doch das Loch in der Mitte macht den
Nutzen des Wagens aus.
Aus einem Klumpen Ton formen wir ein
Gefäß;
doch der leere Raum in dem Gefäß
macht es erst nützlich.

Wu, 11

Die empirisch wahrnehmbare Welt soll hier nicht abgewertet werden. Die Welt kommt aus dem Tao. In Kapitel 42 sagt Lao Tse:

Das Tao erzeugte das Eine.
Das Eine erzeugte die zwei.
Die zwei erzeugten die drei.
Und die drei erzeugten die zehntausend Dinge.
Die zehntausend Dinge tragen das Yin
und umfangen das Yang,
und durch die Verschmelzung der stofflichen Kraft
erlangen sie Harmonie. Chan

Das Tao ist die Quelle allen Lebens, seine sich immerzu wandelnde Vielfalt und die Einheit, die ein natürliches Fortschreiten vom Einfachen zum Komplexen hervorbringt. Atome verbinden sich zu Molekülen. Moleküle verbinden sich zu komplexen Organismen. Menschen verbinden sich und gründen Familien, und die wiederum verbinden sich zu immer größeren Gemeinschaften. Die Welt mag uns manchmal als nicht gerade anziehend erscheinen, doch »der Taoismus in seinem wahren Sinne fordert Identifikation mit solch einer Welt, nicht die Flucht aus ihr«, (Wing-tsit Chan, S. 105).
Daher hat Therapie eine kosmische Basis, die uns ermutigt, uns der Erfahrungswirklichkeit dessen, was ist, zu öffnen und dabei unsere Annahmen dessen, was sein soll, die uns vielleicht von der Erfahrung selbst trennen, loszulassen. Wenn wir uns in den Bewußtseinszustand des Beobachters versetzen, führt dies nicht dazu, daß wir aus der Distanz über die Erfahrung sprechen. Wir werden aber auch nicht in die Dramatik der Erfahrung verwickelt. Unsere Erfahrungswirklichkeit wird uns vielmehr unmittelbar gegenwärtig, während gleichzeitig unser innerer Beobachter zurücktritt und ihre Beschaffenheit untersucht.

In nichttuender Therapie folgt der Therapeut unserem Bewußtseinszustand und schützt ihn, so daß Achtsamkeit gefördert wird. Allmählich gelingt es uns immer besser, die Weisheit unserer inneren Erfahrung herauszuarbeiten. Der Therapeut greift nur minimal ein; er versucht zu helfen, indem er möglichst wenig hilft. Solange wir in Kontakt mit unserer Erfahrung bleiben und ihr erlauben, uns zu führen, geht der therapeutische Prozeß weiter und vergrößert sich unser Gewahrsein für das Leben. Indem er nichts wird, wird der Therapeut alles für uns. Er ist einfach mit uns da, während wir das Leben selbst, das Tao, auskosten, von ihm genährt und informiert werden. Wenn es uns schwerfällt, den Kontakt mit dem, was ist, zuzulassen, kann der Therapeut helfen, ein Gefühl der Sicherheit wiederzufinden oder Untersuchungen in Achtsamkeit anbieten – sanfte Interventionen, die uns befähigen, den Faden der Erfahrung wieder aufzunehmen, der uns in tiefere Ebenen des Gewahrseins geführt hatte. Gewahrsein und Erfahrung, die Schale ohne Grund, aus der das Tao uns nährt.

BETRACHTEN

*Himmel und Erde sind nicht menschlich.
Sie betrachten alle Dinge
als stroherne Hunde.
Der Weise ist nicht menschlich.*

Chan, 5

Meint Lao Tse wirklich, daß die Weise nicht menschlich ist? Ja. Die Weise versucht nicht, menschlich, gut, schön, weise oder sonst etwas zu sein. Sie versucht einfach zu sein, was sie ist. Entsprechend hat das Anbieten einer gewaltlosen, achtsamen Therapie nichts damit zu tun, daß man eine nette Person ist. Überlegungen von »nett« und »nicht so nett« führen zu Vergleichen, Abhängigkeit und einer falschen Wertvorstellung bei Therapeuten und Klienten gleichermaßen. Himmel und Erde treffen solche Unterscheidungen nicht. Der Regen fällt auf den Gerechten wie den Ungerechten. Die Weise/Therapeutin tut, was sie tut, ganz organisch, sie folgt einfach der Bewegung dessen, was immer sich in tieferen Schichten ereignen mag, und schließt sich dem Prozeß des Universums

bei der Schaffung größerer Einheiten aus losgelösten Teilen an.

Unsere Beziehung zum Therapeuten kann manchmal verwirrend sein. Chögyam Trungpa, der tibetisch-buddhistische Lehrer, sagte einmal, daß die grundlegende Aufgabe der in Heilberufen Tätigen allgemein und der Psychotherapeuten insbesondere darin bestehe, ganze Menschen zu werden und andere, die sich in Anbetracht ihres Lebens ausgehungert fühlen, zu ganzem Menschsein zu inspirieren. Als künftige Klienten können wir aus seinen Worten lernen, uns einen Therapeuten zu suchen, der unserem Empfinden nach dem ganzen Menschen sehr nahe kommt und uns gleichzeitig inspiriert. Diese Eigenschaft zeigt sich nicht auf bestimmte Weise und unterliegt auch keinen festen Regeln. Wir können sie aber irgendwie fühlen – ein lebendiger und erfüllter Mensch, der bereit ist, dies mit uns zu teilen.

Solche Therapeuten sind unweigerlich mitfühlend und anziehend. Sie offenbaren sich uns vielleicht völlig unbefangen und wirken sehr freundschaftlich. Oder sie sind verschlossener und eher zurückhaltend, damit wir genügend Raum und Stille haben, um aus uns herauszugehen, und sie uns nicht im Weg stehen. In jedem Falle mögen sie uns als die Sorte anteilnehmender, intelligenter, freier Leute erscheinen, mit denen wir gerne segeln gehen oder uns in einem Café zum Frühstück treffen möchten. Es wäre schön, sie zum Freund oder zur Freundin zu haben. Vielleicht begehren wir sie sogar als Liebhaber. Warum auch nicht?

Doch wenn sie uns auch ungezwungen und freundschaftlich begegnen, besteht ihre Berufung nicht darin, unser Freund oder unsere Geliebte zu sein. Die Aufgabe, für die wir sie bezahlen und für die sie sich verantwortlich fühlen, ist, uns zu ganzem, freiem Menschsein anzuregen. Dieser Aufgabe sind sie sich ständig bewußt, wenn sie mit uns zu tun haben. Es wäre unpassend für sie, Dinge zu tun, die sich auf ihre eigenen Bedürfnisse konzentrieren. Natürlich wären sie keine Therapeuten, wenn sie aus ihrer Arbeit keine Befriedigung zögen. Zwangsläufig jedoch kämen die eigenen Bedürfnisse des Therapeuten ins Spiel, wenn eine Liebesbeziehung entstünde. Dies würde auch die absolute Sicherheit in Frage stellen, die wir brauchen, um zu fühlen, daß die Therapiesitzungen einzig unserer Entwicklung und unserem Wachstum gewidmet sind. Wir können unsere Augen nicht schließen und unsere Aufmerksamkeit auf unser Innenleben richten, wenn wir – wörtlich oder im übertragenen Sinn – ein Auge nach außen gerichtet haben auf die Bedürfnisse des Therapeuten uns gegenüber. Zudem können Klienten in unterschiedlichster Weise psychisch Schaden nehmen, wenn Therapeuten ihre Machtposition dazu ausnutzen, ihre persönlichen Bedürfnisse zu befriedigen. Jegliche sexuelle Annäherung durch den Therapeuten sollte als eindeutig unangemessen gesehen und behandelt werden.

Jemand war einmal sehr verärgert über Trungpa und sagte zu ihm: »Ich bin sehr böse auf Sie.« Und Trungpa erwiderte mit seinem typischen Augenzwinkern: »Das ist, als wenn ein Dicker böse auf seinen Spiegel wäre.« Einerseits muß dies schmerzlich und frustrierend gewesen sein, seine Antwort klang nicht gerade freundlich. Anders betrachtet war diese Antwort aber die heilsamste, die man sich vorstellen kann. Trungpa forderte die Klientin zu einer Selbstreflexion auf, die ihr auf ihrer Pilgerfahrt hilfreich sein konnte. Wie Trungpa sind Therapeuten nicht freundlich um der Freundlichkeit willen oder um beliebt zu sein. Während sie uns auf unserer Pilgerfahrt begleiten, entwickeln sie ganz natürlich Gefühle der Zuneigung, der Fürsorge, des Respekts und der Wertschätzung für uns, doch sie erwarten keine Erwiderung. Sie nehmen nicht alles, was wir sagen und tun, persönlich. Sie konzentrieren sich auf ihre Aufgabe.

Therapeuten sind in unterschiedlicher Weise zu unterschiedlichen Zeiten für unterschiedliche Leute da. Allerdings beurteilen sie ständig sehr sorgfältig, was geschieht oder geschehen kann, um unser Wachstum im Menschsein voranzutreiben. Dies ist das Hauptkriterium ihres Handelns: Kommt das, was sie gerade tun oder nicht tun, unserer Selbsterforschung und -entdeckung zugute? Ist es förderlich für unsere Gesundung und unser Wachstum?

Im Lauf der Zeit wird die therapeutische Beziehung durch die Entstehung von mehr Vertrauen und größerer Tiefe sehr eng. Als Klienten projizieren wir oft eine Seinsweise auf unsere Therapeuten, die mehr unserer persönlichen Weltsicht entspringt als dem, was objektiv geschieht. Wenn wir zu sehen beginnen, wie wir uns eine leidvolle und verdrehte Welt zusammengezimmert haben, und neue Möglichkeiten erforschen, sie realistischer und gewinnbringender zu gestalten, probieren wir vielleicht unbewußt die neuen Möglichkeiten an unserem Therapeuten oder unserer Therapeutin aus. Kann dieser Mensch wirklich für mich da sein, so daß ich nicht alles selbst tun muß? Kann diese Beziehung wirklich überleben, wenn ich meine Wut einbringe? Während wir ganz und gar frei sind zu sein, wer wir sind, egal ob bewußt oder unbewußt, ist es die Aufgabe der Therapeuten, so bewußt wie möglich zu sein und Elemente unserer Beziehung mit ihnen nur dazu zu nutzen, unser Wachstum im Menschsein zu fördern. Es ist ihre Aufgabe, uns in gewissen kritischen Augenblicken dazu einzuladen, darüber nachzudenken, wie wir uns ihnen gegenüber verhalten, und uns nicht in dem Glauben zu lassen, daß wir auf dem Boden der Realität stehen und die Dinge erfahren wie sie sind. In gewöhnlichen Gesprächen und Beziehungen ist die Aufforderung zu derartiger Reflexion nicht Bestandteil des üblichen Vertrages, und deshalb mag sie manchmal unfreundlich und gefühllos erscheinen.

ERSCHAFFEN

Das Tao wird Große Mutter genannt;
leer und doch unerschöpflich
gebiert es unendliche Welten.

Es ist immer in dir da.
Du kannst es gebrauchen, wie du willst.
Mitchell, 6

Lao Tse lehrt, daß das Tao unfehlbar immer in uns da ist und wir uns seiner bewußt bedienen können. Wir sind kreative Wesen. Wir können dergestalt am Tao teilhaben, daß wir der Veränderungen des Lebens gewahr werden und neue Möglichkeiten für uns und die Welt entwerfen. Das *I Ging (Buch der Wandlungen)*, das grundlegende metaphysische Werk der östlichen Welt, erklärt die Natur des Wandels näher. Es sagt, daß das Tao Yin und Yang hervorbringt. Yin und Yang repräsentieren das Weibliche und das Männliche, das Passive und das Aktive, das Kontrahierende und das Expandierende im Leben, durch deren Zusammenspiel Bewegung oder Wandel entsteht. Wo Yin und Yang aufeinandertref-

fen, bringen sie immer ein Drittes hervor. Das ständige Entstehen des Gegenteils eines Dings als Gegengewicht zu diesem, aus welchem Gleichgewicht wiederum eine neue, dritte Realität hervorgeht, ist die Basis für die Beständigkeit des Wandels im Leben. Das Tao

wird das feine, urgründig Weibliche genannt.

Chan, 6

Dies bedeutet nicht Passivität und Zurückgezogenheit. Für Lao Tse hat »weiblich« mit Produktion, Reproduktion und Transformation zu tun, mit beständiger, sich selbst hervorbringender, wunder-voller Schöpfung. Diese weibliche Dimension, über die wir verfügen, ist die Grundlage unserer schöpferischen Fähigkeiten.
Da wir solche Kreativität besitzen, kann und sollte der Humor integraler Bestandteil von Therapie sein. Wenn wir nicht kreativ wären, wenn wir lediglich ein defekter Mechanismus wären, den es zu reparieren gälte, wäre es sinnlos, als Antwort auf unsere mißliche Lage mit uns zu lachen. Doch wir *sind* kreativ, wie auch andere psychologische Schulen, z. B. die Objektbeziehungs-Therapie, bestätigen. Es gibt eine Ebene, auf der wir sowohl unsere Erfahrung als auch unseren Selbstausdruck organisieren, bevor sie bewußt stattfinden. Es ist eine beachtliche Leistung, ein ganzes Lebensdrama um Introvertiertheit, Selbstschutz oder Gewissenhaftigkeit herum zu organisieren. Der lachende Buddha ist ein wunderbares, mitfühlendes Bild als Antwort auf solche Kunstfertigkeit. Unser eigenes Lachen sagt, daß wir Urheber und nicht Opfer sind.
Daß wir schöpferisch sind, heißt nicht, daß unser Schmerz

weniger weh tut. Manchmal ist Schmerz ein angemessener Teil des Lebens. Ein Felsbrocken trifft uns, und es tut weh. Unser Kind stirbt, und wir leiden. Bei therapeutischen Themen, in denen wir unseren Schmerz selbst fabrizieren, muß der Schmerz als Mangel an Kreativität aufgefaßt werden. Die Antwort auf eine bestimmte Situation ist starr geworden. Wir haben unsere Fähigkeit verloren, neue Antworten auf neue Situationen zu finden. Wir verstehen nicht, wie wir zur Schaffung unseres Schmerzes beigetragen haben. Wir sind nicht mehr fähig, neue Situationen zu erkennen, wenn sie auftreten. Vielleicht verallgemeinern wir unsere Erfahrung von nicht nährenden Menschen aus unserem früheren Leben und ziehen den Schluß, daß alle Menschen nicht nährend sind, daß niemand bereit ist, für uns da zu sein. Wenn wir auf fürsorgliche Menschen treffen, finden wir Mittel und Wege, dies anzuzweifeln, vielleicht machen sie uns sogar Angst. So hungern wir inmitten eines Festbanketts.

Das *I Ging* gibt Ratschläge in praktischen Lebenssituationen. Da eine Situation sich unausweichlich zu einer anderen entwickelt, ist eine neue Antwort gefragt. Wenn es uns nicht gelingt, uns mit der neuen Situation zu bewegen, ist dies ein Mangel an Kreativität. Das Mitfühlen des Therapeuten, das sich manchmal in Lachen äußert, kann das Vorhandensein unserer verschütteten Reichtümer bestätigen. Bemitleidung hingegen würde uns nur bestätigen, daß wir das Notwendige nicht haben, daß wir eine gute Fee zu unserer Rettung brauchen. Mitleid trägt bei zu der Illusion, die entsteht, wenn die Fruchtbarkeit und Unerschöpflichkeit des allzeit gegenwärtigen Tao ignoriert werden.

Ein amerikanischer Lehrtherapeut führte einmal in Europa

einen zehntägigen Workshop durch, wobei ein Ko-Trainer für ihn übersetzte. Der Workshop begann nach dem Mittagessen. Eine Möglichkeit, einen Workshop zu beginnen, ist, die Teilnehmer sich vorstellen zu lassen. Die Gruppe bestand aus etwa 25 Mitgliedern. Nachdem sich ungefähr die Hälfte vorgestellt hatte, kam eine Frau an die Reihe, die selbst Therapeutin war und Gruppen leitete. Sie begann zu erzählen, daß sie in einer psychiatrischen Klinik gearbeitet hatte, wo sie viele Klienten gehabt hatte. Eines Tages, als sie gerade beim Mittagessen saß, beging eine ihrer Klientinnen Selbstmord, indem sie vom Dach der Klinik sprang. Sie stürzte direkt vor den Augen der essenden Therapeutin in die Tiefe. Im Verlauf dieser Darstellung wurde sie immer aufgewühlter, sie atmete schnell, weinte ein wenig und wäre fast in Schluchzen ausgebrochen. Dem Gruppenleiter kam ihr Verhalten etwas unecht vor. Es wirkte eher so, als wenn sie sich aus irgendeinem Grund absichtlich in diesen Zustand hineinsteigerte. Vielleicht dachte sie, daß es Sinn und Zweck des Workshops sei, emotional aufgewühlt und »kathartisch« zu werden. Schließlich schien sie bei einem gewaltigen befreienden Gefühlsausbruch angelangt zu sein, um dann in den Sturm und Drang der Entfremdung von Leben und Leidenschaften überzuschwenken. Als sie am Ende ihrer Darstellung angelangt war, schaute sie zu dem Ko-Trainer und Übersetzer hin. Auch die Augen aller anderen Anwesenden waren auf ihn gerichtet. Es herrschte erwartungsvolles Schweigen. Der Übersetzer sah den amerikanischen Leiter an. Alle Blicke wanderten zu ihm. Nach einer langen Pause, zuckte er die Schultern und sagte: »Okay. Neue Regel: Keiner springt während des Mittagessens vom Dach.« Der Ko-Trainer übersetzte, und nach einem Augenblick der Verwirrung brachen die Frau und der ganze Raum in schallendes Gelächter aus. Das war das Ende des Dramas. Die Botschaft war, daß das Sich-Hineinsteigern in Gefühlsausbrüche nicht auf der Tagesordnung des Workshops stand, daß es genügend spontane Gefühle geben würde, mit denen man arbeiten könnte, und daß man das Leben in jedem Augenblick seiner Veränderung und seines Fließens vom Tragischen über das Alltägliche bis hin zum Komischen genießen würde.

SICH VERBINDEN

*Himmel und Erde sind aus folgendem
Grunde dauerhaft und von
langem Bestand:
Sie leben nicht für sich selbst.
Daher vermögen sie, lang zu bestehen.*

*Darum der Weise:
Er setzt sich selbst hintan
und findet sich doch ganz vorne.
Er sorgt sich nicht um sein Selbst,
und doch bleibt es ihm wohlbehalten.*

Henricks, 7

Lao Tse bestätigt das Paradoxon, daß der Weise den Dingen vorangeht, indem er ihnen folgt. Diese Abkehr von Selbstbefangenheit und dem Ehrgeiz, als Führer anerkannt zu werden, macht den Weisen frei dafür, eins zu sein mit dem, was geschieht. Wenn eine Therapeutin nicht das Bestreben hat, jemanden zu verändern, selbst als Therapeutin gut dazustehen oder sonst irgendeinen persönlichen Plan verfolgt, kann sie offen sein für unsere Wirklichkeit und sich davon ohne Vorurteil oder Abwehr durchfluten lassen. Wie der Gestalttherapeut Fritz Perls es einmal ausdrückte, kann sie das Schwarze sein, in das der Pfeil jedesmal trifft. Dank dieser Freiheit kann sie dem Ausdruck unserer Erfahrung unmittelbar folgen und diese Sensitivität dazu nutzen, uns genau dorthin zu führen, wohin wir gehen wollen.

> *Der Weise hat keine festen [persönlichen] Vorstellungen.*
> *Er betrachtet die Vorstellungen der Menschen als seine*
> *eigenen.* Chan, 49

Da die Therapeutin Ziele, Urteile und Verhaftungen aufgegeben hat, führt ihr Einssein mit dem, was *ist*, zu Freude und Erfüllung. Eine Form des In-der-Welt-Seins entsteht, die über die reine Charakterformung hinausführt zur Einheit mit der Schöpfung.

Nancy, zum Beispiel, vereinbarte mit ihrer Therapeutin, die Angst zu erforschen, die sie jedesmal befiel, wenn sie neue Leute kennenlernte oder auch, wenn sie engeren Kontakt mit alten Freunden oder Verwandten hatte. Als sie zur ersten Sitzung kam, fragte die Therapeutin sie, wie es für sie sei, da zu sein. Nancy berichtete, daß sie ein wenig nervös sei, daß es aber nicht so schlimm wäre. Sie glaubte, ihre Nervosität überspielen und mit dem fortfahren zu können, was ihrer Meinung nach auf der Tagesordnung stand, wenn man daran arbeiten wollte, neue Menschen kennenzulernen. Die Therapeutin drängte nicht voran. Sie hatte weder einen festen Plan noch das Bedürfnis, ihre Fähigkeit im Umgang mit Beziehungsproblemen unter Beweis stellen zu müssen. Sie fühlte sich mit Nancys Nervosität verbunden, die in Nancys Wahrnehmung an vorderster Stelle stand. Die Therapeutin beschloß, sich dem anzuschließen, indem sie Nancy aufforderte, ihre Nervosität nicht zu überspielen, sondern sich mit ihr anzufreunden und genauer in sie hineinzuhorchen.

Für Nancy kam nichts Genaueres über ihre Nervosität zum Vorschein. Die Therapeutin fragte, ob sie feststellen könne, wie sie sich in ihrem Körper manifestierte. Nancy bemerkte, daß sie in ihrer Brust saß, in der Herzgegend. Als sie bei dieser Erfahrung verharrte, wurde sie sich einer Verbindung von Wut und Verlegenheit bewußt. Und als sie innehielt, um die Konturen dieses Gefühls schärfer hervortreten zu lassen, wurde seine Bedeutung klarer. Die Wut hatte etwas damit zu tun, daß sie sich nicht von anderen verletzen lassen wollte; gleichzeitig schämte sie sich und war verlegen, weil sie andere verurteilte. Es wurde deutlich, daß sie wissen mußte, daß sie ruhig direkte Urteile über die Vertrauenswürdigkeit anderer fällen durfte, bevor sie sich ihnen anvertraute. Dazu mußte sie sich versichern, daß dies nicht bedeutete, daß sie den Wert anderer als menschliche Wesen in Frage stellte.

Die Therapeutin fühlte sich Nancy während des ganzen Vorgangs sehr verbunden. Für beide ging die Sitzung mit einem Gefühl des Erfülltseins zu Ende, das daraus resultiert, eins mit dem Leben zu sein, wie es ist, und zu erkennen, daß das, was das Leben braucht, meist sehr einfach und unkompliziert ist. Therapeuten, die ihre Arbeit auf solche Art genießen und der Fürsorge des Tao vertrauen, verausgaben sich nicht in dem Versuch, die Dinge um ihrer selbst willen oder zum Wohle des Klienten zu steuern.

> *Ist es nicht so:*
> *Weil der Weise nichts Eigenes will,*
> *ist er imstande, Eigenes zu vollenden?*

Henricks, 7

FRIEDEN SCHLIESSEN

*Die höchste Form der Güte
gleicht dem Wasser.
Das Wasser weiß allen Dingen zu
nützen, ohne mit ihnen zu hadern.
Es verweilt an Orten,
die alle Menschen verachten.
Darum ist es dem Tao ähnlich.*
Wu,8

Lao Tse wählte mit Vorliebe Bilder von Wasser, Raum, Leere, Weiblichkeit und vom unbehauenen Block. Diese Bilder beschwören das Ideal von Einfachheit, Selbstlosigkeit und Reinheit herauf. Therapeuten sollten sich allerdings von diesen Bildern nicht einfangen lassen in dem Sinne, daß sie ein anderes egozentrisches Ideal von sich selbst kultivieren. Es ist leicht, ein puritanisches Diktat, dies oder das nicht zu tun, an die Stelle eines anderen zu setzen, wie z. B. rein zu sein, alles zu wissen oder erleuchtet zu sein. Ein Diktat bleibt trotzdem ein Diktat.
Für Therapeuten ist es Teil ihrer Persönlichkeit, sich der eigenen Begrenzungen, des »einfachen Menschseins« mit all sei-

nen Widersprüchlichkeiten und Unzulänglichkeiten und dem Bestreben nach Erfolg und Achtung gewahr zu werden und sich damit anzufreunden. Das heißt, sie müssen ihre eigenen Dispositionen kennen, sich von anderen zurückzuziehen, sich nach anderen zu sehnen oder andere zu konfrontieren und zu überwältigen, ebenso wie ihre Phantasien, die Welt neu zu gestalten, damit sie ihrem Idealbild näherkommt. Wenn sie diese Tendenzen beobachten und sich damit, wie sie ihnen geholfen, sie aber auch behindert haben, aussöhnen, dann identifizieren sie sich mit einem Teil ihrer selbst, der über den Charakter hinausgeht (dem Teil von uns, der unsere Erfahrung und unseren Ausdruck im Leben gewohnheitsmäßig durch normalerweise unbewußte Glaubensmuster organisiert). Sie brauchen sich deshalb nicht zu rechtfertigen oder so zu tun, als ob sie anders wären, als sie sind. Diese Aufrichtigkeit schafft eine Atmosphäre der Sicherheit und bewirkt Respekt und Wertschätzung auf unserer Seite.

Wie Trungpa schon sagte, ist es wichtig, einen Therapeuten zu finden, der sich mit seiner eigenen Schwäche und Größe befaßt hat, da dies ein wesentlicher Bestandteil dessen ist, was wir als Klienten zu tun haben. Wenn wir spüren, daß ein Therapeut nicht im Frieden mit sich selbst ist, daß er sich irgendwie rechtfertigt, verteidigt oder herausstellt (im Gegensatz zum Wasser, das uns ohne Widerrede zu Nutzen ist und nicht über uns zu stehen versucht), so signalisiert dies Gefahr. Wir sollten solch ein Gefühl der Gefahr oder des Unbehagens nicht ignorieren. Natürlich können auch Therapeuten, die in Kämpfen mit sich selbst gefangen sind, manchmal hilfreich sein, und kein Therapeut ist vollkommen frei davon. Ein Großteil guter therapeutischer Arbeit wird von unvollkommenen Menschen geleistet, wie wir alle es sind. Manchmal kommt es rein zufällig zu guten Ergebnissen, und der Therapeut weiß selbst nicht, warum. Oft macht prinzipielles Wohlwollen einen Mangel an Urteilskraft oder Einsicht wett. Wenn wir jedoch das Gefühl haben, daß ein Therapeut unangemessen mit uns arbeitet und keine Distanz halten kann, weil er selbst zu involviert ist, dann sollten wir dem nicht tatenlos zusehen.

Vielleicht kann die Situation dadurch bereinigt werden, daß wir mit ihm über unseren Eindruck sprechen. Der Therapeut greift unsere Beobachtungen vielleicht auf, um den Prozeß zu korrigieren. Möglicherweise behält er seinen Kurs aber mit der Begründung bei, daß wir Widerstand leisten oder daß wir die Richtigkeit seines Vorgehens später noch einsehen werden. Dann wird die Situation schwierig. Es kann natürlich sein, daß wir aus Angst fehlerhaft wahrnehmen oder Widerstand leisten. Und es ist natürlich die Aufgabe des Therapeuten, die Dinge professionell zu betrachten und nicht jeder unserer Launen nachzugeben. Andererseits aber wird der therapeutische Prozeß keinen produktiven Verlauf nehmen, wenn wir uns nicht sicher fühlen und diesem Prozeß nicht vertrauen. Gute Therapeuten, die bewußt oder unbewußt im Geiste von Lao Tses Gewaltlosigkeit arbeiten, lassen es im allgemeinen nicht zu, daß ein Machtkampf zwischen ihnen und ihren Klienten fortgeführt wird, sobald er einmal sichtbar wurde. Wenn da irgendein ängstlicher Widerstand in uns ist, werden sie ihn direkt in den therapeutischen Prozeß integrieren. Wenn aber einfach keine Übereinstimmung besteht zwischen dem, was wir wollen, und dem, was sie uns anbieten können, werden sie uns nahelegen, das, was wir wollen, anderswo zu suchen: ohne Groll, ohne Schuldvorwurf, ohne versteckte Botschaften, daß wir bleiben müssen, um uns ihrer und ihres Bedürfnisses, gute Therapeuten zu sein, anzunehmen.

Wenn ein Therapeut aber weiterhin versucht, die Autorität seines Amtes einzusetzen, um uns in eine Richtung zu drängen, die uns nicht hilfreich erscheint, dann kommen wir vielleicht nicht umhin, die Beziehung abzubrechen. Die Therapie führt uns sowieso an den Punkt, unserer inneren Weisheit vertrauen zu lernen. Die therapeutische Beziehung aber ohne abschließende Bestandsaufnahme einfach abzubrechen, könnte in uns das Gefühl hinterlassen, etwas nicht zu Ende gebracht zu haben. Wenn wir glauben, daß ein befriedigendes Abschlußgespräch zwischen uns und dem Therapeuten allein nicht möglich sein wird, können wir ein Familienmitglied, eine Freundin oder einen sonstigen Fürsprecher, der bei der Interpretation behilflich sein kann, bitten mitzukommen. Kein ernstzunehmender Therapeut wird damit ein Problem haben. Sollte es dennoch so sein, müssen wir ihn vielleicht ohne Abschied verlassen und die abgebrochene Beziehung mit anderen aufarbeiten. Vorerst brauchen wir nicht zu diskutieren, ob wir richtig oder falsch gehandelt haben. Wir können uns mit dem Wissen zufriedengeben, daß ein Abbruch der Beziehung in Anbetracht der Lage notwendig war. Langfristig wird das, was wichtig ist und womit wir uns befassen müssen, zum Vorschein kommen, und wir werden noch Gelegenheit haben, uns damit zu befassen. Schließlich wollen wir eine Beziehung mit einem Therapeuten, in der, um mit Lao Tse zu sprechen, für beide Teile gilt:

Wenn du dich damit begnügst, einfach du selbst zu sein,
und weder vergleichst noch wetteiferst,
wird jeder dich achten.
Mitchell, 8

BEFÄHIGEN

Ziehe dich zurück,
sobald die Arbeit getan ist.
Dies ist der Weg des Himmels.

Chan, 9

Die Arbeit einer Therapeutin läßt sich nicht mit der einer Ingenieurin oder Künstlerin vergleichen. Therapeuten schaffen nicht etwas, vor dem sie zurücktreten können, um es zu betrachten, und das sie ihr eigenes Werk nennen können. Achtsame, gewaltlose Therapie besteht einfach darin, uns zu helfen, die Weisheit unserer inneren Erfahrung zu entdecken und anzunehmen. Sobald Einsichten emporkommen, werden Verknüpfungen gelöst und neue Wege entdeckt, und realistischere, nährendere Vorstellungen nehmen Gestalt an. Dies ist nicht das Werk der Therapeutin. Nicht sie hat es hervorgebracht. Die Arbeit von Therapeuten läßt sich eher mit der einer Hebamme vergleichen. Sie assistieren der Natur.
Sobald das Baby auf die Welt gebracht ist, besteht kein Zweifel darüber, wem es gehört.

*[Das Tao] vollendet das Werk und beansprucht nicht
seinen Besitz.*

Chan, 34

In Kapitel 17 sagt Lao Tse, daß, wenn der Weise am Werk ist, die Leute sagen werden: »Wir haben es selbst getan« (Chan). Dies ist Befähigung und Ermächtigung. Wer schaut in sich hinein, erforscht das Geheimnis, gibt alte Reaktionen auf, erfährt den Schmerz und erprobt die Integration neuer Seinsweisen ins Alltagsleben? Keine andere als die Klientin. Die Therapeutin hat das Privileg, Zeugin zu sein, das Wasser zu tragen, die Neugeburt zu feiern. Das ist genug. Das Werk ist vollbracht. Es ist Zeit, sich zurückzuziehen. Alles andere würde Verwirrung stiften und zu einer zähen, schädlichen Abhängigkeit führen.

*Wenn du mit dem Tao in Einklang sein willst,
tu einfach deine Arbeit und lasse dann los.*

Mitchell, 24

WIDERSTÄNDE UNTERSTÜTZEN

*Kannst du deine Lebenskraft sammeln
und höchste Weichheit erreichen
wie ein Kind?*

Chan, 10

*Kannst du Menschen lieben und führen,
ohne ihnen deinen Willen aufzuzwingen?
Kannst du wichtigste Dinge erledigen,
indem du dem Geschehen
seinen Lauf läßt?*

Mitchell, 10

Die Geschmeidigkeit des Körpers eines kleinen Kindes wird hier der Steifheit des Körpers eines Erwachsenen gegenübergestellt. Und wieder kommt einem das Bild des Wassers in den Sinn: Es umspült einen Felsbrocken im Flußlauf, läßt sich dadurch aber nicht von seiner Richtung abbringen. Das Bild von Aikido im Unterschied zu Karate.

Nichts auf der Welt
ist so weich und nachgiebig wie das Wasser.
Doch im Auflösen des Harten und Starren
kommt nichts ihm gleich.
Mitchell, 78

Zu den harten und starren Dingen, die im therapeutischen Prozeß zum Vorschein kommen, gehört vor allem der Widerstand. Können die Therapeuten hier lieben und führen, ohne ihren Willen aufzuzwingen? Unser erster Impuls als Angehörige der westlichen Welt ist, etwas *zu tun*, um dem anderen über den Punkt, an dem er festsitzt, hinwegzuhelfen. Dies geschieht oft in Form irgendeiner Konfrontation, die uns Klienten als »in unserem eigenen Interesse« erklärt wird.
Die Konfrontation mag die Gestalt einer Ermunterung annehmen: »Na los! Ich weiß, daß es Ihnen Angst macht, aber Sie können den Dingen ins Auge sehen. Sie brauchen Ihre Augen nicht zu verschließen. Sie können die Angelegenheit näher betrachten.« Oder sie setzt an der Muskelverspannung an, die die Angst begleitet, die wir erinnern oder heraufbeschwören. »Ihre Schultern sind nach vorne gezogen und machen Ihre Arme unbeweglich. Kommen Sie, lassen Sie mich meine Daumen in die Knoten drücken, die das verursachen (oder Sie in eine Position bringen, die die Muskelverspannung noch betont), um diese Verhärtung zu durchbrechen und zu sehen, was darunter liegt.« Die Konfrontation kann auch in Form einer korrekten Interpretation dieses Widerstands erfolgen: »Ich höre Ihre Worte, wenn Sie sagen, daß Sie sich dessen nicht bewußt sind, Ihren Ärger zu unterdrücken, aber ich erlebe Sie dabei als ärgerlich.« Sehr grob und entmutigend

sind direkte Urteile und Vorwürfe: »Bevor es Ihnen nicht wichtig genug wird, diese Angelegenheit zu erforschen, können wir nicht weiterkommen.« Manchmal geben Therapeuten auch einfach auf, in der Hoffnung, daß die Angelegenheit wieder zum Vorschein kommen wird, wenn der Klient eher willens und fähig ist, sich damit auseinanderzusetzen.
Das *Tao te king* rät nicht zur Konfrontation.

> *Ein Herrscher, der auf das Tao baut,*
> *versucht nicht, die Dinge zu erzwingen*
> *oder Feinde durch Waffengewalt zu schlagen.*
> *Denn jede Kraft hat eine Gegenkraft.*
> *Gewalt, selbst wohlgemeinte,*
> *fällt immer auf einen selbst zurück.*
>
> Mitchell, 30

Im Taoismus ist dies als Prinzip des wechselseitigen Entstehens bekannt. Konfrontation erzeugt automatisch Widerstand. Dies mag vielleicht zu einem emotionalen Drama führen, doch bringt es die Therapie nicht weiter, einen Kampf zwischen Therapeut und Klient zu inszenieren. Als Klienten werden wir nie in der Lage sein, unsere Wahrnehmung nach innen auf unsere Erfahrung gerichtet zu halten, wenn wir uns gegen Konfrontation von außen schützen müssen. Dabei geht die Sicherheit verloren, und das Vertrauen in die innere, organische Weisheit wird aufgegeben.
Das *Tao te king* ist nie nur negativ. Auch hier gibt es Hinweise auf einen alternativen Kurs.

Nachgeben heißt ganz bleiben.
Sich beugen heißt gerade werden.

Chan, 22

Tue das Nichttun.
Mühe dich um das Mühelose.

Wu, 63

Also fördert er [der Weise] den natürlichen Lauf
der Dinge, aber handelt nicht.

Chan, 64

Nicht wage ich, vorzurücken einen Zoll,
sondern weiche einen Fußbreit zurück.
Das heißt gehen, ohne sich zu bewegen,
die Ärmel hochkrempeln, ohne die Arme zu entblößen,
den Feind erobern, ohne ihm entgegenzutreten.

Wu, 69

Immer weniger mußt du die Dinge erzwingen,
bis du schließlich beim Nichthandeln angelangt bist.

Mitchell, 48

Die Bewegung des Tao besteht im Zurückkehren.
Der Gebrauch des Tao besteht in der Weichheit.

Wu, 40

Hier wird der Vorschlag gemacht (dessen Wert sich in der klinischen Praxis bestätigt), den Widerstand in der Form, in der er ganz natürlich auftaucht, zu unterstützen. Seltsamerweise kann der Prozeß durch Rückzug und Unterstützung der Abwehr voranschreiten. Wenn wir unsere Augen mit den Händen bedecken, kann die Therapeutin uns dabei helfen, indem sie ihre Hände über unsere legt und verbal oder durch ihr Verhalten zum Ausdruck bringt: »Du brauchst nichts zu sehen, was du nicht sehen willst.« Wenn wir zum Beispiel die Schultern nach vorne ziehen und damit einen Impuls, unsere Arme auszustrecken oder zuzuschlagen einsperren, kann der Therapeut unsere Schultern in dieser Stellung halten. Dadurch bewahrt und unterstützt er das Gefängnis, ja, stellt es uns zur Verfügung, was es uns wiederum ermöglicht, uns mit dem Gefangenen zu identifizieren, dem Teil von uns, der sagt: »He! Ich will raus hier!« Wenn wir eine Stimme in unserem Kopf hören, die sagt: »Ich kann nicht tun, was ich will, ohne die Gefühle anderer zu verletzen«, dann kann die Therapeutin das für uns sagen und es uns ermöglichen, auf all das andere, das auch vorhanden ist, achtzugeben.

Im Verlauf einer Gruppentherapie übernahm ein Therapeut die Stimme in Sams Kopf. Die Stimme sagte: »Laß die anderen nur nicht zu nahe an dich heran.« Der Therapeut bat Sam, ihm vorzumachen, wie er es sagen sollte, damit es genauso klänge wie in Sams Kopf. Dann wiederholte er die Worte mit der richtigen Stimmführung, während Sam sich in Achtsamkeit versetzen und einfach das beobachten sollte, was in ihm passierte. Sam spürte eine diffuse Wut. Als er sie näher untersuchte, kam ihm der Verdacht, daß andere seine Gefühle und schwachen Punkte benutzen könnten, um ihn zu manipulieren. Er erinnerte sich, daß seine Eltern seine Angst benutzten, um ihn zu etwas zu bringen, was er nicht tun wollte. Ein verletztes Kind kam zum Vorschein, das vor vielen Jahren eine strategische Entscheidung getroffen hatte: Bevor ich mich drankriegen lasse, werde ich euch drankriegen. Sam entdeckte, daß er die Sicherheit brauchte zu wissen, daß andere seine Gefühle nicht gegen ihn verwenden würden, bevor er sie an sich heranlassen konnte.

> *Wenn du etwas zusammenziehen willst,*
> *mußt du es sich erst ausdehnen lassen.*
> *Wenn du etwas beseitigen willst,*
> *mußt du es sich erst entfalten lassen.*
> *Wenn du etwas nehmen willst,*
> *mußt du es dir erst geben lassen.*
> *Dies heißt feine Wahrnehmung*
> *der Dinge, wie sie sind.*
>
> Mitchell, 36

Dieser subtile Prozeß des Abnehmens von Stimmen, Spannungen, Gesten oder Körperhaltungen ist Bestandteil des Nichttuns durch Unterstützung all dessen, was entsteht, ohne daß man etwas hinzufügte. Die Therapeuten nehmen uns nur das ab, was wir selbst schon tun. Dabei erhöhen sie unsere Sensitivität gegenüber unseren internen Signalen, indem sie das physische und psychische Hintergrundrauschen verringern. Dies kann geschehen, weil der konfrontationslose Schutz der Abwehr ein Sicherheitsgefühl vermittelt, in dem wir uns entspannen können.

> *Durch seine Ruhe siegt das Weibliche beständig über*
> *das Männliche.*
>
> Chan, 61

Schließlich kommt der Prozeß oft schnell und leicht zur Auflösung, indem man langsam vorgeht und der organischen Weisheit, die hinter dem Aufkommen der Abwehr steckt,

Respekt und Achtung entgegenbringt, statt zu verlangen, daß sich etwas Bestimmtes wandelt oder vollzieht. Wir sehen die Situation, die wir sehen müssen. Die Frau, deren Arme unbeweglich geworden sind, nimmt zu dem in ihr verschütteten Teil Kontakt auf und will ausbrechen. Der Mann, der die Aufforderung hört, nicht ohne die Zustimmung anderer zu handeln, entdeckt den Teil seiner selbst, der weiß, daß sein Leben eigentlich ihm gehört.

Das Tao ist beständig untätig, und doch bleibt nichts ungetan.

Chan, 37

Für den Therapeuten geht es darum, sich nicht passiv zurückzuziehen, sondern bewußt keine unnatürlichen Handlungen auszuführen und sich im Einklang mit dem zu bewegen, was geschieht.

Wenn Fürsten und Könige es [das Tao] zu wahren verstehen, werden alle Dinge sich von selber wandeln.

Chan, 37

Das Tao schreitet nie zur Tat
und tut doch alles.
Wenn ein Herrscher daran festhalten kann,
gedeihen alle Dinge von selber.

(Wu, 37)

Wenn Therapeuten aus diesem Glauben und im Vertrauen darauf handeln, und hier geht es nicht um die Anwendung einer Technik, sondern um wahrhaft gelebte Überzeugungen, dann erkennen wir dies unbewußt. Es stellt sich eine Kooperation mit unserem Unbewußten ein. Der Prozeß entfaltet sich mühelos auf Wachstum und Heilung hin. In der Therapie ist mühsames Arbeiten ein Warnsignal für Disharmonie mit dem Organischen. Klienten und Therapeuten sind gleichermaßen in der Lage, Anstrengung und Gegen-den-Strich-Gehen, die sich deutlich von der normalen Arbeit unterscheiden, zu erkennen.

Wie wird das Meer zum König aller Flüsse?
Weil es tiefer liegt als sie!...

Daher regiert der Weise über das Volk, indem er sich
in seiner Rede erniedrigt;
und führt das Volk, indem er sich selbst hintan stellt.

So kommt es, daß das Volk die Last des Gewichtes
nicht spürt, wenn ein Weiser über ihm steht.

Wu, 66

Sie geht dem Volk voran,
und keiner fühlt sich gegängelt.
Die ganze Welt ist ihr dankbar.

Mitchell, 66

SICH ÖFFNEN

Kostbare Dinge führen in die Irre.

Deshalb läßt sich der Weise
von dem leiten, was er fühlt,
nicht von dem, was er sieht.
Er läßt jenes und wählt dieses.

Feng & English, 12

Die Weise bei Lao Tse registriert Farben, Töne, stoffliche Beschaffenheit, Gerüche, Geschmack und die Bedeutung geäußerter Worte aufs Feinste, weiß aber, daß sie irreführend sein können. So hegt sie zusätzlich zu der sinnlichen Wahrnehmung noch eine innere Quelle des Wissens, der sie vertraut. Wenn die Therapeutin uns einlädt, offen, aufnahmebereit und achtsam zu sein, so befolgt sie dies selbst auch. Ihre Stimme wird weicher, langsamer, neugierig. Sie läßt unser Sein und unsere Erfahrung zu ihrer Meditation werden. Sie beobachtet mit sanfter Konzentration. Unsere Realität überspült sie. Sie beobachtet die Wellen der Empfindung, der Emotion und der Erinnerung, die sie durchfluten, während sie uns erfährt. Sie filtert nichts Negatives oder Unangenehmes aus, sondern wertet alles als interessante Information.

Öffne dich dem Tao,
dann vertraue deinen natürlichen Antworten,
und alles wird seinen Platz finden.

Mitchell, 23

Indem sie uns auf diese einfühlsame Weise kennenlernt, kann sie unsere Erfahrung allmählich teilen. Sie lädt uns vielleicht dazu ein, einer Sache gewahr zu werden, die uns nicht so recht bewußt war. Claudias Therapeutin fragte sich laut, ob Claudia eine gewisse Spannung in ihrem Magen verspürte. Als Claudia ihre Wahrnehmung nach innen richtete, um zu sehen, was dort war, entdeckte sie die Spannung, wunderte sich darüber und beobachtete sie eine kleine Weile. Die Therapeutin stellte dann fest, daß das Bild eines schwarzen Lochs immer wieder in ihr auftauchte. Sie fragte Claudia, ob es irgendetwas mit dem zu tun hatte, was sie erfuhr. Claudia antwortete, sie hätte nicht so sehr die Empfindung eines schwarzen Lochs, sondern die eines wässrigen, wirbelnden Strudels. Die Therapeutin schlug ihr vor, die Natur dieses Strudels näher zu untersuchen und dabei die Spannung in ihrem Magen weiter zu beobachten. Schließlich entdeckte Claudia, daß sie das Gefühl hatte, selbst im Mutterleib die Sorge ihrer Mutter geteilt zu haben, wie schwer das Leben für sie beide nach ihrer Geburt werden würde, und daß sie selbst chronisch verspannt war, wenn sie daran dachte, die Sicherheit ihres Zuhauses, eines Arbeitsplatzes oder einer Beziehung zu verlassen, um in neue Regionen aufzubrechen.

Sie entdeckte auch, was sie tun mußte, um in dieser mißlichen Lage mehr Freiheit zu erlangen.

Damit sie an diesen Punkt gelangen konnte, war es wichtig, daß die Therapeutin ihrer eigenen inneren Vision vertraute und ihre Eingebungen anbot, obwohl die Zeichen, die sie registrierte, einem Dritten, der dabeigewesen wäre oder eine Videoaufzeichnung der Sitzung gesehen hätte, wahrscheinlich nicht aufgefallen wären. Genauso wichtig war es, daß sie ihr Bild aufgab, als Claudia die Verbindung zu ihrer eigenen inneren Vision herstellte, und daß sie der Gültigkeit von Claudias Erfahrung vertraute und ihr folgte, wohin sie führte.

Wollte der Weise das Volk leiten,
müßte er in Bescheidenheit dienen.
Wollte er es führen, müßte er ihm nachfolgen.
Feng & English, 66

VERKÖRPERN

*Ich habe große Schwierigkeiten,
weil ich einen Leib habe...
Wer die Welt als seinen Leib wertschätzt,
dem mag man das Reich anvertrauen.
Wer die Welt als seinen Leib liebt,
dem mag man das Reich anvertrauen.*
Chan, 13

Alle Dinge fließen aus dem Tao. Im Taoismus gibt es keinen Dualismus, der den Körper als schlecht verwerfen würde. Wie im Christentum ist der Körper (das Fleisch) allerdings manchmal eine Metapher für Ich-Zentriertheit, für Getrenntsein vom Ganzen.
Aufgrund der Verflochtenheit aller Dinge kann der physische Körper als Spiegelung des Geistes gesehen werden. Therapie kann körperzentriert sein in dem Sinne, daß der Körper als Königs-Weg zum Unbewußten verwendet wird, ebenso wie auch Träume oder verwandtes Material herangezogen werden können. Andererseits kann der Körper jedoch auch das mental-emotionale Wohlbefinden beeinträchtigen. Insbesondere gilt es Unausge-

wogenheiten in der Körperstruktur und im Stoffwechsel, das körperliche Bedürfnis nach Sport und Bewegung sowie eventuellen Kontakt mit Umweltgiften zu beachten.

Therapie befaßt sich mit Bewußtseinsspaltungen: Spaltungen innerhalb des Geistes und zwischen Geist und Körper. Wie Ken Wilber, Theoretiker der transpersonalen Psychologie, darlegt, gilt es auch, eine Spaltung zwischen dem Geist-Körper-Selbst als Ganzem und der umgebenden Welt zu heilen. Ralph kam zu einem Workshop zum Thema »Body-Reading«, wo es darum geht, wie man den Körper lesen kann, um psychologische Information zu erhalten. Im Verlauf des Workshops stellte er sich hin, damit der Trainer und die Gruppe seinen Körper lesen und über Möglichkeiten nachdenken konnten, wie er ihn als Vehikel zum Verstehen seiner psycho-spirituellen Anschauungen gebrauchen könnte. Ralph hatte eine sehr interessante Eigenheit: Er stand mit erhobenem Kinn da, als wenn er die Welt von oben herab betrachtete oder sagen wollte: »Mir ist alles egal; ich stehe über allem.«

Der Trainer interpretierte den Körper anderer Leute nicht für sie, sondern fand Wege, sie zur Erfahrung ihrer selbst zu führen. So forderte er Ralph auf, seine Wahrnehmung nach innen zu kehren und zu beobachten, was passierte, wenn er das Kinn langsam senkte. Ralph befolgte die Instruktionen in Achtsamkeit. Als sein Kinn ungefähr gerade war, stand er etwa eine Minute regungslos da, seine Hände hingen seitlich herunter. Dann begann er, Daumen und Finger gegeneinander zu reiben. Um ihm zu helfen, in seine Erfahrung hineinzugehen, fragte ihn der Trainer, ob seine Finger die Daumen rieben oder die Daumen die Finger. Diese Frage hielt ihn ungefähr eine halbe Minute lang tief in seiner Erfahrung. Die Antwort war nicht so wichtig wie die Frage, die bewirkte, daß er für seine unmittelbare Erfahrung als einzig möglicher Quelle der Antwort empfänglich blieb. Er blieb länger auf seine Hände konzentriert und empfänglich für sie, als er es getan hätte, wenn er nicht gefragt worden wäre. Statt eine Bemerkung über die Hände zu machen, über sie zu spekulieren oder sie zu erklären, blieb er einfach bei der tatsächlichen Erfahrung und untersuchte sie genauer.

Als Ralph antwortete, daß seine Finger die Daumen rieben, schlug der Trainer das Experiment vor, es für ihn zu tun und ihm das, was er bereits selbst tat, abzunehmen. Er willigte ein. Er beobachtete seine inneren Reaktionen, als der Trainer begann, seine Daumen zu reiben. Ungefähr zehn Sekunden später ging Ralph von seinem ruhigen, kontrollierten Verhalten zu einem jähen, tiefen Schluchzen über und fiel dem Trainer in die Arme. Indem er seine Daumen mit den Fingern rieb, hatte sich Ralph unbewußt etwas Beruhigendes gesagt, wie etwa: »Du bist okay. Du bist genauso wichtig wie die anderen hier.« Diese Annahme hatte er unterstützt, indem er seinen Kopf hoch und etwas zurückgeneigt hielt, was ihm natürlich nicht die Sicherheit und Zugehörigkeit verschaffte, die er suchte. Im Gegenteil, meist arbeitete es gegen ihn, weil er den anderen damit den Eindruck vermittelte, keinen Kontakt zu wollen, oder sie fühlten sich direkt eingeschüchtert. Als der Trainer ihm diesen Mechanismus abnahm, war es, als ob jemand anderer die Worte wiederholte, nach denen er sich schon so lange gesehnt hatte, die zu hören er aber nie wirklich erwartet hatte. Er bekam ganz direkt, wonach er unbewußt und indirekt seit so vielen Jahren gesucht hatte.

Ralphs Fall ist ein gutes Beispiel dafür, wie der Körper, die willentliche Muskulatur, vom mentalen Leben gesteuert ist und es gleichzeitig enthüllt, und wie Berührungen und physische Interventionen direkt zum Unbewußten sprechen können. Wenn wir unseren Körper schätzen und genauer auf ihn hören, bekommen wir eine bessere Verbindung zu uns selbst und unserer Umwelt.

VERTRAUEN

*Wer vermag ruhig zu warten,
während der Schlamm sich setzt?
Wer vermag unbewegt zu bleiben
bis zum Augenblick der Tat?*

Feng & English, 15

Lao Tse glaubte, daß die alten Meister nicht nur feinsinnig, geheimnisvoll, verständig und aufgeschlossen waren, sondern vor allem auch geduldig. Sie saßen regungslos, bis die rechte Handlung erkenntlich wurde. Therapie verlangt richtigen Umgang mit der Zeit. Es ist immer falsch, wenn der Therapeut das Bedürfnis hat, die Zeit auszufüllen oder etwas zu tun, nur um mehr sichtbare Handlung zu erzeugen. Wenn wir eine Angelegenheit in Achtsamkeit erforschen, kann das wie Gebären sein. Mutter und Hebamme wissen, daß ganz wichtige Dinge geschehen, doch jemand, der nur ab und zu in das Zimmer schaut, könnte dies übersehen. »Noch nichts passiert. Keine Geburt.« Die Kunst besteht darin zu fühlen, wann man etwas Organischem vertrauen kann, und wann etwas von dem Prozeß abgeschnitten ist und nähere Beachtung verlangt. Wenn etwas sich organisch entwickelt, ergibt sich die nächste richtige Handlung unvermeidlich von selbst, und genauso der richtige Handlungsrhythmus. Ein Gutteil der Therapie ist Vertrauenssache. Wenn die Dinge trübe sind wie Schlamm, können wir geduldig abwarten, wenn wir glauben, daß sie sich schließlich klären werden.

> *Vertraut man nicht genug,*
> *so findet man kein Vertrauen.*
>
> Henricks, 17

> *Ein großes Land zu regieren*
> *ist wie das Braten eines kleinen Fischleins.*
> *Durch zuviel Herumstochern verdirbt man es.*
>
> Mitchell, 60

Im Rahmen seiner Ausbildung zum Psychotherapeuten besuchte Gerd eine Trainingsgruppe. Zu Beginn einer der täglichen Sitzungen war er an der Reihe und fing an, über seine Schwierigkeiten mit Respektspersonen zu sprechen. Er redete ungefähr fünf Minuten lang und wurde dabei ziemlich emotional. Er beschrieb Probleme und zeigte der Gruppenleiterin auf, wo sie intervenieren und mit ihm »arbeiten« könnte. Sie fühlte sich dazu aber nicht bereit. Sie spürte Gerds Verzweiflung, Frustration und Angst, die dazu beitrugen, Gerd in endlose Grübeleien über die Ursache seiner Probleme und darüber, wie er von ihnen loskommen könnte, zu verstricken. Gerds Aufforderung zur Intervention an diesem Punkt nachzukommen, würde ihn nur noch stärker aufwühlen und sein ständiges Kreisen um seine eigenen Probleme noch verstärken.

Während Gerd redete, hörte man draußen immer wieder Vogelgesang. Die Trainerin dachte daran, daß sie ihm helfen könnte zu erkennen, welch großartigen Reichtum er sich entgehen ließ, indem er immerzu in seinen eigenen Gedanken gefangen blieb. Aber Gerd redete, und sie hätte es als störend empfunden zu intervenieren. Sie wartete geduldig auf einen passenden Augenblick. Gerd hatte irgendwie alles gesagt, was es zu sagen gab, und fing an, sich zu wiederholen. Eine Möwe kreischte, und ein paar Augenblicke später sagte die Trainerin sanft: »Haben Sie die Möwe gehört?« Gerd hielt inne, faßte sich an die Brust und brach in Tränen aus. Später erklärte er, daß er, als er die Frage gehört hatte, in seinem Herzen einen starken emotionalen Schmerz verspürt hatte; er fühlte sich verloren, isoliert und ohne Kontakt zu seiner Umwelt. Gleichzeitig hatte er auch einen irgendwie freudigen Schmerz verspürt; er könnte wieder vereint sein mit den Klängen, Anblicken und Gerüchen, die ihm Nahrung geben konnten, wenn er sich nur dafür empfänglich machte.

Auf den richtigen Augenblick zu warten, nicht die erstbeste Gelegenheit zu ergreifen, die einfachen Dinge in der Umgebung, die sich mühelos in den Prozeß einfügen, zu verwenden und Gerd zu ermöglichen, das Zentrum seiner eigenen Meditation zu sein, dies alles war Ausdruck des Nichttuns und der Geduld auf Seiten der Trainerin.

DIE WAHRHEIT SUCHEN

Wenn Unfriede in der Familie herrscht, kommen Kindespflicht und Elternliebe auf.
Wenn Verwirrung und Chaos im Land herrschen, erscheinen getreue Staatsdiener.

Feng & English, 18

Lao Tse war ein scharfer Kritiker der konventionellen Moral. Wie Freud nach ihm, wußte er, daß sich unter äußerlicher Tugend das innere Gegenteil verbergen kann. Gesetze über Gesetze werden verabschiedet, um Hintertürchen zu verdecken, wenn das Herz nicht in der rechten Beziehung steht.

Therapeutische Sitzungen können von konventioneller Moral beherrscht und ruiniert werden, wenn die Bereitschaft und Fähigkeit fehlt, sich von dem, was ist, instruieren zu lassen. Die Regeln, die normale Gespräche beherrschen, können die Oberhand gewinnen und die unkonventionelle Praxis des Sprechens in Achtsamkeit torpedieren. Gutes Benehmen kann Spontaneität verhindern.

Wenn wir Klienten sind, will ein Teil von uns dem Therapeuten gefallen und brav, zu brav, dem folgen, was auch immer auf der Tagesordnung des Therapeuten stehen mag. In der Annahme, daß Therapeuten es im allgemeinen lieber haben, wenn man ihnen gefällig ist und sie anerkennt, und daß sie nicht herausgefordert oder kritisiert werden wollen, werden wir es oft zu unserer Aufgabe machen, sie zu beschützen. Gegenseitiges Einvernehmen und höfliche Gefälligkeit können den therapeutischen Prozeß über Jahre hinweg zu keinem Ende kommen lassen und substanzlos halten. Dabei wird unser Charakter eher verstärkt als überwunden.

Eugene Gendlin hat viel darüber geforscht, was einen erfolgreichen Therapieklienten ausmacht. Er kommt zu dem Schluß, daß es mehr mit körperlicher Intelligenz zu tun hat als mit Klugheit und Wissen. Wenn es uns gelingt, die Konvention, wissen zu wollen, zugunsten einfacher Erfahrung aufzugeben, kommt die Therapie voran. Gendlin hört Tonbandaufnahmen von therapeutischen Sitzungen ab, um festzustellen, ob wir als Klienten auf therapeutische Fragen Antworten geben, die sich aus der Erfahrung speisen. Wenn dies nicht der Fall ist, sagt er voraus, daß selbst eine Langzeittherapie auf der Ebene bereits bewußter intellektueller Aktivität verharren wird. Die Therapeuten können einen Transformationsprozeß, der dazu beiträgt, daß wir uns neuen Möglichkeiten öffnen, erleichtern, indem sie bei Fragen bleiben, die uns in unsere körperliche Erfahrung im Unterschied zu unseren Theorien führen. Auf eine Frage wie:»Welches Ihrer Ohren ist etwas wärmer als das andere?« zu antworten, erfordert eine völlig andere Art der Antwortsuche als Fragen wie: »*Warum* ist eines Ihrer Ohren wärmer als das andere?«

In seinen Seminaren über die Focusing-Methode lehrt Gendlin, wie man sich auf den lebendigen *felt sense* einer Angelegenheit konzentrieren kann, statt sich in entkörperlichten Theorien *über* diese Angelegenheit zu ergehen. Obschon aus der Erfahrung geborenes, körperliches Wissen beängstigend sein kann, weil es so ganz und gar nicht durch unsere Theorien bearbeitet und gebändigt ist, warnt Lao Tse davor, es gegen die konventionelle Weisheit der Abstraktionen auszutauschen, die die Wahrheit übertünchen.

Wenn das große Tao in Vergessenheit gerät,
erscheinen Nettigkeit und Anstand.
Wenn Klugheit und Intelligenz aufkommen,
beginnt die große Heuchelei.

Feng & English, 18

DIE SCHÖPFUNG BEJAHEN

*Tu ab die Gelehrsamkeit,
verwirf das Wissen,
und hundertfältig wird das Volk
gewinnen.*
Chan, 19

Der Taoismus ist eine radikale Bejahung des Vertrauens in die Schöpfung. Sie steht noch vor allem Wissen, nach dem wir streben, denn das Wissen an sich kann derart verabsolutiert, pervertiert und objektiviert werden, daß großer Schaden entsteht. Wann immer wir glauben, daß wir etwas haben, an das wir uns mit Gewißheit klammern können, lauert Gefahr. Alle spirituellen Traditionen unterlaufen unsere Verhaftungen und Zuordnungen, an die wir uns aus einem Sicherheitsbedürfnis heraus klammern, denn genau diese bringen uns dazu zu verteidigen, aufzuzwingen und anzugreifen.
In einem anderen Kapitel sagt Lao Tse:

Also ist das Tao groß,
der Himmel groß, die Erde groß,
und auch der Mensch ist groß.
Vier Große gibt es im Universum.

Chang, 25

Zu leben und in dem Leben, das uns gegeben wurde, zu ruhen, fördert Einfachheit, Verständnis, Zufriedenheit und Frieden. Dagegen führt klug zu sein, ethische Prinzipien aufzustellen, Recht und Unrecht zu beurteilen und Entweder-oder-Entscheidungen zu treffen unausweichlich zum Aufstellen von Dichotomie. Die Schöpfung wird gegen sich selbst gespalten. Barrieren werden errichtet gegen die organische Entfaltung dessen, was gebraucht wird.

Das psychotherapeutische Denken ist von solchen Warnungen vor erstarrtem Wissen nicht unberührt geblieben. Jung-Yuan begab sich in eine psychiatrische Klinik und klagte darüber, daß er schwach sei, unfähig, in seinem Arbeitsleben zurechtzukommen, voller Sehnsüchte und Verlangen nach dem, was er nie bekommen hatte. Da gingen bei den Psychologen die Alarmglocken an. »Nein, man kann dem Urteil dieses Menschen nicht vertrauen. Er hat eine orale Persönlichkeit, die einen Therapeuten aussaugen kann.« Es kam schnell zur Konfrontation. Bei einem zweiten Vorgespräch versuchte der Berater Jung-Yuan folgendes zu vermitteln: »Nein, Sie sind nicht bedürftig. Sie können das, was Sie in Ihrer Kindheit nicht bekommen haben, nicht mehr nachholen. Sie haben, was Sie brauchen. Sie müssen nur mit Ihrer Stärke und Unabhängigkeit in Kontakt kommen. Sie brauchen höchstens eine Sitzung pro Woche oder meine private Telefonnummer.«

Als Jung-Yuan das Zentrum verließ, fühlte er sich noch elender, auch ein wenig wütend, jedenfalls verspürte er keine große Motivation, noch einmal dorthin zu gehen. Ein Freund empfahl ihm einen niedergelassenen Psychologen, der nach einer sanften Therapie arbeitete, was zu einer anderen Reaktion und einem anderen Ergebnis führte. Der Therapeut versuchte nicht, Jung-Yuans Bedürftigkeit zu schmälern, sondern unterstützte sie und schlug ihm vor, dem Prozeß in Achtsamkeit zu folgen. Jung-Yuan entdeckte einen Teil seiner selbst, der Angst davor hatte, die Stärkung, die der Therapeut anbot, aufzunehmen. Dieser lud ihn dazu ein, diese Barriere, die er guten Dingen entgegenstellte, zu erforschen. Er wurde dann zum Beobachter seiner Ängste, die Nährendes automatisch abwehrten (wo er doch glaubte, daß er bereit, fähig und begierig sei, genau das aufzunehmen). Später entdeckte er, daß er unter einer ganz bestimmten Voraussetzung bereit war, Nährendes aufzunehmen: Seine Ängste, daß es gleich wieder weggenommen oder unregelmäßig und willkürlich verabreicht werden könnte, mußten ihm genommen werden. Nachdem Jung-Yuan bewußt die Unterstützung durch den Therapeuten akzeptiert hatte und zugelassen hatte, daß sie ihn eine Weile nährte, bemerkte er, wie ein anderes Bedürfnis in sein Bewußtsein trat: Er wollte unabhängig sein und auf eigenen Füßen stehen. Schließlich wurde der Konflikt zwischen Bedürftigkeit und Unabhängigkeitsdrang überwunden. Jung-Yuan erkannte, daß er keineswegs zwischen den beiden wählen mußte. Er konnte sich unterstützen lassen *und* die Dinge selbst in die Hand nehmen. Er konnte sich unterstützen lassen *und* andere unterstützen.
Während dieses Prozesses, die Bedürftigkeit zu akzeptieren

und nicht zu bekämpfen, gab der Therapeut Jung-Yuan seine private Telefonnummer und vereinbarte mit ihm, ihn während der ersten drei Wochen dreimal pro Woche zu sehen, und dann gemeinsam zu überlegen, wie viele Sitzungen noch nötig sein würden. In den Augen derer, die Therapie als eine Art Machtkampf verstehen, erscheint dies verrückt. Dieser Therapeut hingegen vertraute auf das Vorhandensein von Weisheit in Jung-Yuans Erfahrung (egal wie verdreht und unrealistisch sie sich an der Oberfläche zeigte) und darauf, daß diese Erfahrung sie zu einem inneren Kern führen würde, wenn sie ihr unmittelbar folgten und sie respektierten, und daß sie schließlich auf einfache Bedürfnisse stoßen würden, mit denen man realistisch umgehen könnte. Zum Glück ließ er sich nicht von der therapeutischen Lehrmeinung beeinträchtigen, die besagt, daß er ausgelaugt und erdrückt würde, wenn er Jung-Yuans ausdrücklichen Wünschen und Bedürfnissen nachkäme.

Es ist allerdings schwer, Vertrauen zu haben, wenn jemand unausgeglichen und irrational erscheint, selbst wenn Stoffwechselfaktoren ausgeschlossen wurden. Es ist schwer, nicht nach rational richtigen, idealen, der konzentrierten Vernunft entsprungenen Lösungen zu suchen und diese aufzuoktroyieren. Da ist es gut, Lao Tses Überzeugung zu haben, der nicht so zögerlich ist wie wir, konventionelles Wissen abzustreifen.

Laß die Menschlichkeit fallen,
gib die Gerechtigkeit auf,
und das Volk wird zurückkehren
zu seinen wahren Gefühlen.

Wu, 19

BEANSPRUCHEN

*Wenn du ganz werden willst,
laß dich geteilt sein.
Wenn du gerade werden willst,
laß dich krumm sein.*

Mitchell, 22

Diese Aussage ist ein schönes Beispiel für das, was die Gestalttherapie später die »paradoxe Theorie des Wandels« nannte. Wir überwinden unsere gegenwärtige Situation, indem wir uns zu ihr bekennen. Wenn wir in die Praxis eines Therapeuten kommen und den Wunsch, anders zu sein, als unser Problem präsentieren, und wenn der Therapeut diese Ansicht übernimmt und Hilfe anbietet, ist der ganze Prozeß vorbei, bevor er überhaupt angefangen hat. Der Jungsche Therapeut James Hillman drückte es einmal so aus: Wir haben keine Probleme, wir *sind* Probleme. Die Lösung kann nie im Loswerden des Problems bestehen. Wir müssen uns seiner annehmen, was dazu führt, das Vertrauen in uns selbst und in die Schöpfung zu bestätigen.
Jungianer sprechen vom »Schatten«, je-

ner Seite von uns, die wir fürchten, ablehnen und aus unserer bewußten Wahrnehmung verbannen, und der »Persona«, jener Seite, die wir akzeptieren, auf die wir stolz sind und die wir in unser Bewußtsein einlassen. Wie aus dem *Tao te king* ganz klar hervorgeht, resultiert Heilung nicht aus einer Vermehrung des Lichts in unserem Leben, sondern daraus, daß wir in den Schatten greifen und unversöhnte Elemente unseres Selbst ans Licht bringen, wo sie geheilt werden können. Wenn wir in der Therapie den Schmerz untersuchen, der zu unserem Schatten gehört, dann geschieht dies nicht, um den Schmerz um seiner selbst willen in den Vordergrund zu rücken. Vielmehr wird er zum Schlüssel, der uns zu dem führt, was der Heilung bedarf, was wiederum zu größerer Ganzheit des Selbst und zu stärkerer Verbundenheit mit dem Rest der Schöpfung führt. Diejenigen von uns, die das Gefühl haben, nicht genügend Zuwendung zu bekommen, lernen, ihre Unabhängigkeit und Kraft anzuerkennen und zu integrieren. Diejenigen, die diese Eigenschaften überbetonen, lernen, sich mit Nähe und Verletzlichkeit anzufreunden. Diejenigen, die vor dem Kontakt mit anderen zurückschrecken, lernen, die Sicherheit der Isolation zu verlassen und Dinge in der Gesellschaft anderer zu behandeln. Diejenigen, die in Streßsituationen bei anderen Hilfe suchen, lernen, ihr Alleinsein und ihre innere Stärke zu hegen.

In diesem Heilungs- und Wachstumsprozeß geben wir alte Umgangsweisen mit der Welt nicht völlig auf und legen sie nicht ganz ab. Wir erweitern einfach unser Repertoire um neue Möglichkeiten, und ein gewisses Maß an Bewußtsein und Wahlfreiheit kommt hinzu, während wir früher gewohnheitsmäßig und automatisch handelten. Nichts davon geschieht aber, wenn wir unsere gegenwärtige Seinsweise verleugnen oder außer acht lassen. Wir müssen anerkennen, wer wir jetzt sind, und die Verantwortung dafür übernehmen, damit sich neue Horizonte auftun können.

> *Wenn du voll werden willst,*
> *laß dich leer sein.*
> *Wenn du wiedergeboren werden willst,*
> *laß dich sterben.*
>
> Mitchell, 22

DIE NATUR BEOBACHTEN

*Der Mensch formt sich
nach dem Bild der Erde.
Die Erde formt sich
nach dem Bild des Himmels.
Der Himmel formt sich
nach dem Bild des Tao.
Und das Tao formt sich
nach dem Bild der Natur.*

Chan, 25

Das *Tao te king* besagt, daß die Natur das beste Vorbild für alles ist, und dies gilt vielleicht in besonderem Maße für die Psychotherapie. In der Tat liefert die gegenwärtige Beschäftigung mit der Theorie lebender und komplexer Systeme reiches Material, das ein umfassenderes Paradigma anbietet als das mechanistische medizinische Modell auf der Basis des Newtonschen Weltbilds. Der Philosoph und Anthropologe Gregory Bateson beispielsweise hat Wesensmerkmale lebender organischer Systeme beschrieben. Solch ein System ist ein aus Teilen bestehendes Ganzes. Was es organisch macht, ist, daß die Teile innerhalb des Ganzen kommunizieren. Wenn dies der Fall ist, steuert und korrigiert sich der Organismus selbst und zeichnet sich durch eine komplexe, charakteristische Unvorhersagbarkeit aus. Es läßt sich nicht behaupten, daß eine bestimmte Eingabe ein ganz bestimmtes Ergebnis oder eine spezifische Reaktion hervorrufen wird, denn ein lebender Organismus folgt seiner eigenen Logik. Die Weisheit liegt in seinem Inneren. Er wird nicht von einer äußeren Instanz gesteuert. Er nimmt das, was von außen auf ihn zukommt, auf und verarbeitet es auf komplexe Weise, bevor er entscheidet, was er erfahren hat und mit welcher Äußerung er darauf antworten wird. Die Menge der ihm zur Verfügung stehenden Energie spielt eine geringere Rolle als der Umstand, wie Information verarbeitet wird, um diese Energie einzusetzen. Der menschliche Geist kann eine relativ geringe Energiemenge so organisieren, daß unglaubliche Leistungen möglich werden, zum Beispiel auf den Mond zu fliegen, während ein wütendes Rhinozeros sehr viel Energie verbraucht, aber nicht in der Lage ist, sie so zu organisieren, daß etwas besonders Kreatives dabei herauskommt. Achtsame, gewaltlose Psychotherapie läßt sich beschreiben als ein Unterfangen, das *die Organisation von Erfahrung* untersucht. Wie organisieren wir automatisch und ohne darüber nachzudenken Erfahrung und Selbstausdruck in unserem Leben? Welche Ängste kommen auf, wenn wir erwägen, uns neu zu organisieren? Wie können jene Ängste gelindert werden, damit eine Reorganisation stattfinden kann?

Wenn eine Therapeutin unsere Gruppe auffordert, achtsam zu sein, innezuhalten und unsere Wahrnehmung nach innen zu richten, um einfach zu beobachten, was in uns passiert, wenn wir die Worte »Du bist ein guter Mensch« hören, dann wird dieses Experiment in einer jeden von uns eine andere Antwort hervorbringen. Dies ist so, weil jede von uns ihre Erfahrung anders organisiert. Manche von uns werden diese Aussage akzeptieren. Andere werden sie auf die eine oder andere Art von sich weisen. Wieder andere werden überhaupt nichts fühlen oder glücklich sein oder in Tränen ausbrechen. Jede von uns filtert und interpretiert jeden Augenblick der Existenz anders. Wenn Therapeuten uns solch kleine Wahrnehmungsexperimente bei achtsamem Bewußtsein vorschlagen, helfen sie uns, unsere Organisationsgewohnheiten, unsere Dispositionen und Annahmen, unsere Art wahrzunehmen und unsere Art zu handeln zu untersuchen. All dies kann uns zu unseren tiefsten Überzeugungen führen. Indem wir diese langgehegten Vorstellungen entdecken, die so viel unserer Wahrnehmung und unseres Handelns organisieren, können wir anfangen, sie zu verändern. Es ist tief beeindruckend, sich klar zu machen, daß wir menschlichen Wesen von allen Kindern der Natur unseres Wissens die einzigen sind, die sich ihrer Anschauungen bewußt werden und ihr Leben verändern können, indem sie neue Anschauungen, die in größerer Harmonie mit dem Tao sind, in sich aufnehmen, und dabei nie zu vergessen, daß wir immer im Tao bleiben.

DIE MITTE FINDEN

*Wenngleich er schöne Dinge sieht,
bleibt er losgelöst und ruhig.*

Feng & English, 26

Die taoistische Weise weiß, daß Schönheit und Schauspiel Einladungen zu Zerstreuung und Ruhelosigkeit sein können, daß sie aber auch von innen heraus erbauend wirken. Die Weise bleibt in Verbindung mit ihren Wurzeln und ihrem Ziel, während sie durch großartige Landschaften reist. In der Therapie lassen sich die aufsteigenden und absinkenden Emotionen mit den herrlichen Landschaften vergleichen, von denen Lao Tse spricht. Starke Emotionen können uns in der Therapie vom Weg abkommen lassen. Manchmal fühlen sich Therapeuten angesichts heftiger Emotionen verschreckt und überwältigt, und sie vermitteln uns verbal oder nonverbal die Botschaft, daß wir sie abschwächen sollen. Umgekehrt kann die Emotion so voll und reich erscheinen, daß der Therapeut sich um ihrer selbst willen für sie begeistert. Er könnte versuchen, sie subtil zu verstärken, selbst wenn sie nicht organisch zur Entfaltung drängt. Intensive, *spontane* Emotion braucht nur unterstützt zu werden. Wenn wir den Rücken durchbiegen, kann der Therapeut den Bogen mit leichtem Druck der Hand abstützen. Wenn wir uns zusammenrollen wollen, kann uns der Therapeut dabei helfen. Wenn wir so die emotionalen Stromschnellen reiten, ist dies nicht der optimale Zeitpunkt für uns, achtsam zu sein. Wahrscheinlich sind wir zu sehr damit beschäftigt, Tränen und Emotionen freizulassen und gleichzeitig zu versuchen, sie durch verkrampfte Atmung und Muskelanspannung im ganzen Körper zurückzuhalten. Es ist chaotisch und laut, aber genau das, was jetzt notwendig ist. Der Therapeut lädt uns nicht zur Reflexion ein, sondern bleibt einfach bei uns und gibt uns Sicherheit, indem er das stützt, was ist, bis der Sturm sich gelegt hat und wieder Platz für den Beobachter ist. Starke Emotion wird weder gefördert noch unterdrückt, sondern ganz einfach unterstützt, wenn sie als organischer Teil des Prozesses aufkommt.

Die Therapeuten können selbst heftig hin und her geworfen werden, wenn sie jeder Empfindung, jedem Gefühl, jeder Erinnerung und jedem Gedanken, die wir berichten, nachjagen. Es ist eine therapeutische Kunst zu wissen, wann ein Wechsel von Gedanke zu Empfindung zu Erinnerung zu Bedeutung durch denselben Faden verbunden ist, und wann ein Wechsel vom Thema wegführt. Wenn wir und/oder die Therapeutin gelangweilt und unruhig werden, weist dies verläßlich darauf hin, daß der Faden verloren gegangen ist und etwas getan werden muß, um die Perspektive wiederzugewinnen und zu dem, was sich vollziehen will, zurückzukehren. Manchmal ist es hilfreich, wenn entweder wir oder die

Therapeutin ein wenig aufräumen, indem wir feststellen, daß es so aussieht, als ob der Prozeß nicht mehr mit seinen Wurzelfäden verbunden sei, und ein wenig darüber sprechen, was zu tun ist, um die Verbindung wieder herzustellen.

Wenn du dich hin und her werfen läßt,
verlierst du deine Wurzeln.
Wenn du dich ruhelos treiben läßt,
verlierst du dich selbst.

Mitchell, 26

WANDERN

*Ein guter Reisender hat keine festen
Pläne und strebt nicht nach dem Ziel.
Ein guter Künstler läßt sich von seiner
Intuition führen, wohin sie will.
Ein guter Wissenschaftler hat sich von
Begriffen freigemacht und hält seinen
Geist offen für das, was ist...*

*Er ist bereit, alles zu nutzen,
und vergeudet nichts.*
Mitchell, 27

Dies heißt »dem Licht folgen«.
Feng & English, 27

Kapitel 27 des *Tao te king* besagt, daß die Besten ihres Faches nicht an Axiome, Regeln und Einschränkungen gebunden sind, sondern sich von ihrer offenen, intuitiven Phantasie leiten lassen. Dies heißt jedoch nicht, daß sie ihren Geist nicht durch breite und gründliche Studien vorbereitet hätten.

Entsprechend sollten erfahrene Psychotherapeuten aus einer Fülle von theoretischem und durch Erfahrung gewonnenem Hintergrundwissen schöpfen können, wenn sie unsere Hoffnungen und Nöte mit uns erforschen. Material, auf das wir stoßen, gibt ihnen Hinweise auf das, was sich gerade vollzieht und in welche Richtung es sich entwickeln könnte. Dieses Wissen muß jedoch im Hintergrund arbeiten. Die Priorität muß sein, unserer Erfahrung von Augenblick zu Augenblick zu folgen und auf sie zu reagieren. Obwohl eine stillschweigende oder offene Übereinkunft mit uns besteht, daß wir uns auf einer Pilgerfahrt befinden, sollten der Wanderung durch die Wildnis keine festen Pläne, Strukturen oder Theorien aufgezwungen werden.

> *Der Meister überläßt sich dem,*
> *was der Augenblick bringt.*
>
> Mitchell, 50

Intuition und Einfallsreichtum im Einklang mit den Prinzipien des Tao machen einen guten Führer aus. Ein altes chinesisches Sprichwort besagt, daß der Weg leicht ist für den, der keine Vorlieben hat. Egal, wieviel Therapeuten wissen, sie dürfen keine Neigung haben, ihr Wissen beweisen oder aufoktroyieren zu wollen. Diese Haltung läßt zu, daß neue Möglichkeiten für sie und uns hervortreten und wir Neues lernen können. Der britische Objektbeziehung-Therapeut D. W. Winnicott sagte einmal, daß es egal ist, wieviel ein Therapeut weiß, solange er es für sich behalten kann und uns erlaubt, das zu entdecken, was für unsere eigene Wirklichkeit zutreffend ist. Der beste Führer folgt, so wie der größte Meister dient.

Der amerikanische Hypnotherapeut Milton Erickson war ein

Führer, der bereit war, alles zu nutzen, und nichts vergeudete. Seine »Verwertungstechniken«, die alles aufgriffen, was der Klient von sich gab, sind zu Recht berühmt und sehr lehrreich. Als ein Patient in einer Klinik sich als Jesus Christus vorstellte, widersprach ihm Erickson nicht, sondern antwortete: »Oh, Sie sind doch ein erfahrener Zimmermann, nicht wahr? Kommen Sie, ich werde Ihnen die Werkstatt zeigen. Wir haben hier sehr gutes Holzwerkzeug, mit dem Sie sich einmal befassen könnten.« Er akzeptierte die Realitätserfahrung dieses Mannes, beruhigte den Sturm, der um ihn herum toste, und brachte ihn wieder auf den Erdboden, wo die spontane Reorganisation eine Chance bekam, ihre Wunder zu vollbringen. Als er diesem Mann zum ersten Mal gegenübertrat, hatte Erickson keine festen Pläne. Seine Antwort entsprang keiner Technik, die er an der Hochschule gelernt hatte, doch sie wurde gespeist von einem tiefen Wissen um die menschliche Natur. Es war einfach eine Antwort, die sich in dieser Situation passend anfühlte.

> *Biegsam wie ein Baum im Wind,*
> *hat er kein Ziel vor Augen*
> *und macht von allem Gebrauch,*
> *was das Leben ihm bringt.*
>
> Mitchell, 59

Wenn wir mit einem erfahrenen Führer die Therapie beginnen, wissen wir überhaupt noch nicht, wohin wir gelangen werden, und wir täten gut daran, genau dies zu erwarten und zu bejahen. Maria begab sich in Therapie, weil sie deprimiert darüber war, daß sie kein Stipendium bekommen hatte, um

Sozialarbeit zu studieren, und sich zu nichts anderem motivieren konnte. Sie kicherte, als sie diesen Sachverhalt darlegte. Als die Therapeutin sie einlud, ihr Kichern zu erforschen, fiel ihr schließlich ein, daß sie eigentlich schon immer mit ihrem Onkel auf den San Juan Islands hatte Boote bauen wollen, obwohl sie wußte, daß ihre Eltern wahrscheinlich darüber enttäuscht sein würden. Sie begann das, was sie wollte, von dem, was andere von ihr wollten, zu unterscheiden. Ihre Bereitschaft, von dem relativ engen Problem ihrer Depression wegzuwandern, um ein Kichern zu erforschen, das damit scheinbar nichts zu tun hatte, führte sie zu einem zentralen Problem, das ihr gar nicht bewußt gewesen war.

Wenn wir für andere sorgen und dem Himmel dienen, gibt es nichts Besseres als die Beschränkung.
Beschränkung fängt damit an, die eigenen Vorstellungen aufzugeben.
Dies hängt von der in der Vergangenheit gesammelten Tugend ab.
Ist der Tugendschatz groß, dann ist nichts unmöglich.

Feng & English, 59

WIEDER KIND WERDEN

*Bist du ein Vorbild für die Welt,
so ist das Tao stark in dir,
und es gibt nichts,
was du nicht tun könntest...*

*Akzeptierst du die Welt,
so ist das Tao in dir,
und du kehrst zurück zu deinem
Urselbst.*
Mitchell, 28

Eine gesunde Einstellung zu haben, besteht für Lao Tse darin, die Schöpfung so zu akzeptieren, wie sie ist.

*Glaubst du, du könntest das Universum übernehmen und es verbessern?
Dies scheint mir unmöglich.*

*Das Universum ist heilig.
Du kannst es nicht verbessern.
Wenn du versuchst, es zu verändern, zerstörst du es.
Wenn du versuchst, es festzuhalten, verlierst du es.*
Feng & English, 29

Gesunder Verstand ist entscheidend für unsere Sicherheit als Klienten. Wenn wir das Gefühl haben, daß Therapeuten uns in eine Schublade stecken oder vorhaben, uns zu verändern, werden wir uns verschließen und in die Defensive gehen, und der Prozeß wird nirgendwohin führen. Wir spüren, ob Therapeuten glauben, daß die Welt, sie und wir der Mühe wert sind. Ihre Einstellung verrät, ob sie wissen, daß es im Universum Nachsicht und Wohlwollen gibt, die keine Perfektion von ihnen oder uns verlangen.

Wenn der gesunde Verstand eines Therapeuten uns ermutigt, mehr vom Leben zu akzeptieren, wacht oft ein ängstliches kleines Kind in uns auf, das vor langer Zeit beschloß, daß gewisse Dinge nicht zu akzeptieren sind. Wir gelangen in einen Bewußtseinszustand, in dem wir wissen, daß wir ein Erwachsener in Therapie sind, und gleichzeitig im Denken, Reden und Erinnern, in Verhaltensweisen und Überzeugungen jenes innere Kind werden. In diesem Zustand kommen Anschauungen, die wir als Kind entwickelten, an die Oberfläche, und neue, nährendere Anschauungen können erforscht und integriert werden. Wenn mehr vom Leben angenommen wird, kann auch mehr von dem inneren Kind in Harmonie mit Aspekten von uns selbst und der uns umgebenden Welt leben, von denen wir uns früher entfremdet hatten. Wir kommen unserem Urselbst näher.

> *Um den Ursprung zu finden,*
> *verfolge die Erscheinungen zurück.*
> *Wenn du die Kinder erkennst*
> *und die Mutter findest, wirst du frei sein...*
>
> Mitchell, 52

Wer erfüllt ist von Tugend,
gleicht dem neugeborenen Kind...
Es wächst in seiner Ganzheit und bewahrt seine
Lebenskraft in vollkommener Unversehrtheit.
Es heult und schreit den ganzen Tag und wird doch
nicht heiser,
denn es trägt vollkommene Harmonie in sich...

Das Wachstum des Lebens zu beschleunigen,
ist verhängnisvoll.
Den Atem durch den Willen zu zügeln,
heißt, ihn überanstrengen.

Wu, 55

Melinda kam zur Therapie, weil ihre Beziehungen gestört und unbefriedigend waren. Sie war sehr gesellig, gebildet und attraktiv. Sie lernte leicht Leute kennen, war eine gewandte, lustige Gastgeberin und hatte die Gabe, selbst aus Kleinigkeiten etwas ganz Großartiges zu machen. Sie war beliebt und zog Menschen an, und doch fühlte sie sich unglücklich. Oft war sie deprimiert, wenn sie auch ein strahlendes Äußeres zur Schau stellte. Sie hatte das unbestimmte Gefühl, daß die anderen sie nicht gern genug hatten. Ihr schien immer etwas zu fehlen.

Der therapeutische Prozeß führte schließlich in die Zeit zurück, als Melinda drei Jahre alt war und ihre Tante Susan mit ihr und ihren Eltern zusammenlebte. Sie vergötterte ihre Tante, die einen Narren an Melinda gefressen hatte und viele vergnügliche Stunden mit ihr verbrachte, bis sie schließlich heiratete und in einen anderen Bundesstaat zog. Melindas

Eltern waren froh gewesen, daß Susan so viel Zeit mit ihr verbrachte, da sie beide sehr beschäftigt waren und nur begrenzte Energie besaßen. Als Susan wegzog, war es Melindas Eltern eine Last, sich um ihr aktives, geselliges Kind zu kümmern, und sie ignorierten sie oft so lange, bis sie einen Wutanfall bekam, worauf sie streng und negativ reagierten.

Die kleine Melinda kannte sich nicht mehr aus. Sie wußte, daß etwas nicht stimmte, und schloß, daß es an ihr liegen mußte. Vielleicht war sie nicht interessant genug für Erwachsene, damit diese sie beachten und in ihre Aktivitäten einbeziehen würden. Sie sprach immer lauter, um sich Gehör zu verschaffen, und bauschte selbst Kleinigkeiten zu dramatischen Ereignissen auf. Sie registrierte auch sorgfältig, was ihren Eltern gefiel und was nicht, und benahm sich dann in einer Weise, die ihr die größte Zuwendung versprach. Dieser ganze Prozeß war weniger durchdacht und bewußt als vielmehr experimentell, vom Zufall abhängig und unreflektiert. Einerseits hatte Melinda viel Erfolg bei ihren Eltern und anderen Menschen ihrer Umgebung, während sie zu schnell in die Gesellschaft von Erwachsenen hineinwuchs. Andererseits konnte sie die Sehnsucht aber nie loswerden, beliebt zu sein, ohne etwas dafür tun zu müssen. Die kleine Melinda war traurig und wütend, weil sie das Gefühl hatte, ihre Energie künstlich aufblasen und immer strahlen zu müssen, um angenommen zu werden. Sie war einsam, während sie aufwuchs und sich entwickelte, denn sie mußte den anderen ständig etwas vorspielen. Selbst als sie die Grenzen der familiären Umgebung verließ, lernte sie nicht, daß sie ihre Situation neu einschätzen und entdecken konnte, daß es jetzt Menschen in ihrem Leben gab, die sie anhören und anerkennen würden, auch wenn sie kein Spektakel veranstaltete. Sie brauchte die Lautstärke jetzt nicht mehr hochzudrehen oder jeden dazu zu verführen, ihr Aufmerksamkeit zu schenken. Ihr Leben begann sich zu ändern, als die kleine Melinda, das innere Kind, mit der großen Melinda in Verbindung trat. Beide fingen an zu verstehen, was geschehen war. Und was noch wichtiger war, sie begannen neue Erfahrungen des Akzeptiertwerdens zuzulassen, obwohl die Erfahrung, ganz einfach und ohne besonderes Theater Melinda zu sein, zunächst Angst machte.

Der Bioenergetiker Alexander Lowen erklärt in bezug auf Menschen wie Melinda, daß unser aller Hauptaufgabe in der Therapie ist, Angenehmes aushalten zu lernen. Obwohl wir das Angenehme wollen, können wir es schwer zulassen, wenn wir Angst davor haben, enttäuscht oder verletzt zu werden, wie es uns als Kinder widerfuhr. Alles in allem sind die Bedürfnisse des inneren Kindes sehr einfach und direkt, selbst in schmerzlichen Situationen. Sobald wir die Verwirrung, die Verletzungen und Notwendigkeiten des inneren Kindes anerkennen und einfühlsam und realistisch damit umgehen, sind wir viel eher dazu bereit, das Leben zu akzeptieren und wir selbst zu sein.

Sei der Strom des Universums!
Als Strom des Universums,
immer wahr und unbeirrbar,
werde wieder wie ein kleines Kind.

Feng & English, 28

DIE KONTROLLE AUFGEBEN

*Der Meister tut sein Werk
und zieht sich zurück.
Er weiß, daß das Universum
für immer außer Kontrolle ist
und daß der Versuch, die Dinge zu beherrschen,
gegen den Strom des Tao geht.*
Mitchell, 30

Ein anderes Merkmal eines guten Therapeuten ist die Fähigkeit, sich auch dann wohlzufühlen, wenn er die Dinge nicht unter Kontrolle hat. Der gesamte Prozeß hängt davon ab, das Spontane immer wieder zum Ausgangspunkt zu nehmen. Um dies zu tun, muß man fähig sein, nicht nur den persönlichen (siehe auch das Kapitel »Sich verbinden«), sondern auch den therapeutischen Plan aufzugeben.

In einer Gruppensitzung sagte die Therapeutin zu Karen: »Beobachten Sie, was mit Ihren Schultern passiert, wenn Tim Ihnen etwas näher rückt.« Sofort, noch bevor das Experiment begonnen hatte, begann Karens Fuß sich zu bewegen. Dies wurde das Spontane. Das Experiment wurde für den Augenblick, vielleicht auch für immer, ausgesetzt.«Schon durch diese Ankündigung bewegt sich Ihr Fuß, ja?« Als Karen sich der Bewegung ihres Fußes bewußt wurde, bekam sie einen seltsamen Geschmack im Mund. Das Spontane veränderte sich erneut, und eine weitere physische Reaktion rückte in den Mittelpunkt.

Der Prozeß hatte damit begonnen, daß Karen ein leichtes Hochgehen der Schultern bemerkt hatte, jedesmal wenn sie in die Gruppe kam oder ein anderes Gruppenmitglied ankam und sich neben sie setzte. Was hatten die Bewegung des Fußes und der komische Geschmack damit zu tun? Die Therapeutin hatte keine Ahnung. Sie und Karen wanderten in einer geheimnisvollen Dunkelheit mit eigener Dynamik. Hier wurde die Therapie für die Therapeutin zur Vertrauenssache. Sie wußte nur, daß sie, wenn sie versuchen würde, das sich Entwickelnde unter Kontrolle zu bringen oder ihm eine Ordnung aufzuzwingen, oder wenn sie die Analyse des Geschehens abbrechen würde, Karen davon abhielte, dorthin zu gehen, wohin sie gehen mußte. So dachte sie, daß der beste Führer folgt, und verfolgte respektvoll Karens Beobachtungen. Sie stellte eine Frage, auf deren Beantwortung es nicht ankam, sondern die Karen einfach half, bei ihrer Erfahrung zu bleiben: »Ist der Geschmack bitter oder sauer?« Die Therapeutin vertraute ganz einfach darauf, daß das Universum den Weg weisen würde, und unterstützte die innere Achtsamkeit – so tat sie ihre Arbeit. Dieses Vertrauen wurde belohnt, als Karen sich einer alten Erinnerung bewußt wurde, sexuell mißbraucht worden zu sein. Diese Erinnerung paßte in die ganze Kette von Verbindungen hinein. Nichteinmischung brachte hervor, was Steuerung und Druck wohl kaum, wenn

überhaupt, hätten erreichen können, und dies in Rekordzeit.
Nichttun bringt großen Nutzen.

Die Zukunft steuern zu wollen,
ist, als wollte man den Platz des großen Zimmermanns
einnehmen.
Wer aber das Werkzeug des großen Zimmermanns
führt,
verletzt sich nicht selten die eigene Hand.

Mitchell, 74

UMGANG MIT FEINDEN

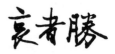

*Schöne Kriegswaffen verheißen Unheil.
Selbst die Dinge scheinen sie zu hassen.
Deshalb hängt ein Mann des Tao
nicht sein Herz an sie...*

*Da Waffen Geräte des Unheils sind,
sind sie nicht des Edlen rechtes
Werkzeug;
nur notgedrungen greift er zu ihnen.
Denn Ruhe und Frieden sind seinem
Herzen das Teuerste,
und selbst ein Sieg ist ihm nicht
Anlaß zur Freude.*
Wu, 31

*Seine Feinde sind keine Dämonen,
sondern menschliche Wesen wie er.
Er wünscht nicht, daß sie zu Schaden
kommen...*

*Schweren Herzens zieht er in die
Schlacht,
bekümmert und voller Mitgefühl.*
Mitchell, 31

Der taoistische Weise ist ein friedlieben-
der Mensch, der seine Feinde nicht gerin-

ger achtet als sich selbst. Den Einsatz von Waffen sieht er als
tragisch an. Wenn nötig, wird er jedoch zu ihnen greifen. Ein
Land, das eins ist mit dem Tao, wird Traktoren statt Panzer
herstellen, doch Lao Tse fordert nicht die Abschaffung jeglicher Polizeigewalt.

> *Nachsichtig mit Freunden wie Feinden,*
> *bist du im Einklang mit dem Lauf der Dinge.*
>
> Mitchell, 67

> *Gnade allein kann dir helfen,*
> *einen Krieg zu gewinnen...*
> *Denn der Himmel wird dem Gnädigen beistehen*
> *und ihn mit seiner Gnade beschützen.*
>
> Wu, 67

> *Wer leichtfertig Krieg führt, mißachtet meine*
> *Grundsätze des Mitgefühls, der Entsagung und des*
> *Verzichts darauf, der Erste in der Welt sein zu wollen.*
> *Darum: Wenn zwei Armeen sich zur Schlacht treffen,*
> *gewinnt diejenige, die Mitgefühl besitzt.*
>
> Chang, 69

Der Wunsch nach einer Therapie setzt voraus, daß wir willens sind, achtsam zu werden und unsere innere Welt zu erforschen. Er setzt voraus, daß wir ein Verantwortungsgefühl für unsere Welt und unsere Handlungen besitzen, und bereit sind, unseren Anteil an dem, was in unserem Leben geschieht, anzuerkennen. Was ist nun aber mit jenen, von denen man sagt, sie hätten Persönlichkeitsstörungen, weil sie jedem und allem die Schuld an ihrer Lage zuweisen, nur nicht sich selbst? Was ist mit jenen, die als unsozial eingestuft werden, weil sie nicht davor zurückschrecken, eine alte Dame in den heranrollenden Verkehr zu stoßen, nur weil sie nicht bereit ist, ihre Handtasche loszulassen, und denen das weiter kein Kopfzerbrechen bereitet? Was ist mit denen, die ihre Frau schlagen oder ihre Kinder mißhandeln, und den Drogenabhängigen, die das Leben anderer Menschen aufs Spiel setzen, um ihre Sucht zu befriedigen? Menschen, die aufgrund solcher Störungen handeln, können als Feinde des Tao angesehen werden. Sie zerstören und verletzen Unschuldige. Normalerweise unterziehen sie sich nicht freiwillig einer Therapie, sondern müssen zum Wohle der Gemeinschaft, aber auch zu ihrem eigenen Wohl dazu gebracht werden. Oft müssen gewaltsame Mittel zum Tragen kommen, damit sie eine Therapie überhaupt in Erwägung ziehen: die Realität des Verlusts des Arbeitsplatzes, des Verlusts von Beziehungen, Inhaftierung. Es zeugt nicht von Liebe, anderen zuzugestehen, weiterhin in ihren Illusionen zu leben und nicht zu den Folgen ihrer Handlungen zu stehen. Wer eignet sich am besten dazu, gewaltsame Mittel anzuwenden? Lao Tse meint, jene, die bekümmert und voller Mitgefühl sind. Ihr Kummer ist die Fähigkeit, den Schmerz jener zu fühlen, die verletzt worden sind. Ihr Mitgefühl ist die Fähigkeit, sich mit dem zu identifizieren, der den Schmerz zugefügt hat, und zu wissen, daß sie ihm eher ähnlich als unähnlich sind.

Das Tao ist die verborgene Quelle aller Dinge.
Dem Aufrechten ein Schatz, dem Irrenden ein Schutz.

Wu, 62

Es ist schwer für Therapeuten, einem Vergewaltiger oder Rassisten zu helfen, wenn sie nicht mit dem Vergewaltiger oder dem Rassisten in ihrem Inneren Frieden geschlossen haben. Wenn sie dies nicht zuerst tun, wird der Einsatz ihrer Macht in dem Straftäter Widerstände gegen die Macht hervorrufen. Er wird sich jeglichem Wandel widersetzen, indem er alles mitmacht, was nötig ist, um den Status quo aufrechtzuerhalten. Den Therapeuten, die einsehen, daß sie selbst fähig sind zu manipulieren, und die in der Lage sind, ihre Macht wirksam und leidenschaftslos einzusetzen, wird es am ehesten gelingen, die Manipulationen und Machtspielchen des Straftäters zu durchschauen. Therapeuten, die ehrlich und geradeheraus sein können und ein Gefühl normalen Menschseins vermitteln, haben die größte Chance, Straftäter in das Selbstgewahrsein therapeutischer Prozesse zu führen.

Wenn das Tao die Welt durchdringt,
verliert das Böse seine Macht.
Nicht, daß das Böse keine geistige Macht mehr besäße,
doch seine Macht kann dem Menschen nicht mehr schaden.
Nicht eigentlich, daß seine Macht dem Menschen nicht mehr schadete,
doch der Herrscher fügt den Menschen keinen Schaden zu.
Wenn Gegensätze sich nicht mehr schaden,
sind sie beide begünstigt durch das Erlangen des Tao.
Chang, 60

Die Techniken, die man in der Arbeit mit willigen und mit unwilligen Klienten einsetzt, sehen vielleicht völlig unterschiedlich aus, doch die zugrundeliegenden Prinzipien des Tao bleiben dieselben:

> *Zu den Guten bin ich gut,*
> *zu den Nichtguten bin ich auch gut;*
> *denn das LEBEN ist die Güte.*
> *Zu den Treuen bin ich treu,*
> *zu den Untreuen bin ich auch treu;*
> *denn das LEBEN ist die Treue...*
> *der Berufene nimmt sie alle an als seine Kinder.*
>
> Wilhelm, 49

MITGEHEN

*Das Tao in der Welt ist wie ein Fluß,
der heimströmt ins Meer.*

Feng & English, 32

Das Bild, das Lao Tse ausbreitet, von Flüssen, die ihrem Ziel entgegenströmen, ist beruhigend. Es braucht uns nicht zu bekümmern, ob ein Fluß nach Norden oder Süden fließt, ob auf direktem Wege oder in unzähligen Kurven und Windungen. Er wird schließlich heimfinden ins Meer. Therapeutische Prozesse erlauben vieles, und die verschiedensten Ansätze sind möglich. Dies kann nicht überraschen, wenn wir daran denken, daß alles im Tao seinen Ursprung hat und mit allem in der Welt verbunden ist. Wenn die einen behaupten, daß wir uns selbst verstehen lernen können, indem wir unsere Beziehungen in Augenschein nehmen, andere auf Körperbau und Bewegung verweisen, und wieder andere Augen, Füße, Ernährung oder sonst etwas untersuchen, müssen wir uns dann entscheiden? Nein. Das wäre Entweder-oder-Denken, das nur eine richtige Antwort kennt und eine Unmenge von falschen. Hier kann jeder recht haben, solange er ein sorgsamer Beobachter der menschlichen Erfahrung ist.

Muß ein Therapeut die beste Methode finden, um unsere zentralen Anschauungen gleich von Anfang an aufzuspüren, damit uns die Achtsamkeit heimführen kann? Nein. Alle Straßen führen heim. Alle Flüsse fließen zum Meer. Theoretisch könnte ein Therapeut mit jedem beliebigen psychologischen Aspekt unseres Lebens beginnen, er würde zu dem in uns zurückführen, was ihn organisiert: einer Wahrnehmung oder einem Gefühl, einer gewohnheitsmäßigen Geste, einem Gesichtsausdruck, unserer Art zu stehen, uns zu kleiden, zu grüßen und so fort.»The emergency ermerges« (das Dringliche dringt hervor), hat es der Gestalttherapeut Fritz Perls einmal ausgedrückt.

Es gibt natürlich therapeutische Kunst. Sie hat etwas damit zu tun zu spüren, wo die chronischen, starren, unbewußten Aspekte unseres Charakters sich manifestieren, wo die Energie sitzt; auch mit der Fähigkeit, diese Aspekte in uns zum Vorschein kommen zu lassen, damit wir sie bewußter und genauer erforschen können. Doch wenn ein Versuch nicht gleich ins Schwarze trifft, dann wird sich dies bald zeigen, und der Prozeß wird sich selbst korrigieren, da wir organische Systeme sind, deren innerer Weisheit wir vertrauen können. Gute Therapeuten halten immer Ausschau nach sichtbaren Hinweisen und vergewissern sich bei uns, ob unsere eigene Erfahrung die Richtung bestätigt, in die der Prozeß sich bewegt.

Jesse war in einer Gruppe für Vietnam-Veteranen. Eines Abends sprach er von seinem Bedürfnis, die Leitung einer öffentlichen Organisation zu übernehmen, und der Unmöglichkeit, es auch wirklich zu tun, obwohl die Sache wichtig war und er die notwendigen Fähigkeiten besaß. Es war, als wenn irgendeine Kraft ihn davon abhielte.

Während Jesse sprach, legte er seinen Körper leicht nach vorne, als ob er gegen eine unsichtbare Kraft ankämpfte oder sich in den Wind legte. Der Therapeut beschloß, das Thema körperlich zu machen, indem er seine Hand mitten auf Jesses Brustkorb legte, ungefähr den Druck der Gegenkraft aufwandte und laut »Nein!« sagte. Jesse beobachtete seine eigenen Reaktionen auf dieses Experiment. Während der Prozeß sich vertiefte, wurden seine Emotionen stärker, und er erkannte, daß ein Teil seiner selbst, der die Leitung übernehmen und dazu beitragen wollte, daß etwas passierte, frustriert war. Er hatte auch das Gefühl, daß ihn etwas zurückhielt (als auch daß sich ihm etwas entgegenstellte), also hielten ein paar andere Veteranen dazu noch seine Arme zurück, so wie er es beschrieb. Es war eine Technik des Abnehmens, die darin bestand, für Jesse zu tun, was er bisher selbst getan hatte, und dies führte dazu, daß die Muskelanspannung in ihm nachließ und er empfänglicher wurde für die Signale in seinem Inneren.

Für den Therapeuten, der nicht in Vietnam gewesen war, sah es so aus, als ob Jesse einen klassischen Fall des starren oder leistungsorientierten Chrakterprozesses durchmachte. Wer eine Neigung zum Leistungsstreben hat, kann leicht frustriert werden, wenn er nicht mitmachen darf, weil er immer noch wie als Kind den Drang verspürt, etwas zu schaffen, um zu zeigen, daß er genauso viel wert ist wie alle anderen. Das Kind wird seinen Wert vielleicht dadurch unter Beweis stellen wollen, daß es in eine Mannschaft aufgenommen wird oder gute Noten nach Hause bringt, um die Liebe und Zuneigung der Eltern zu bekommen. In der Annahme, daß eine derartige Dynamik am Werk war, bat der Therapeut Jesse zu beobachten, was passierte, wenn er ihm Sachen sagte wie:»Du kannst Verantwortung übernehmen. Wir sind auf deiner Seite. Du mußt uns nichts beweisen.« Jesse zeigte keine besondere Reaktion auf solche verbalen Experimente. Da flüsterte ihm einer der anderen Veteranen ins Ohr:»Aber es könnte jemanden das Leben kosten«, und augenblicklich brach Jesse in Tränen aus. Während seine Kampfgenossen ihn festhielten, wurde er von Vietnam-Erinnerungen überflutet, Situationen, in denen es um Leben und Tod gegangen war und in denen seine Entscheidungen buchstäblich andere das Leben gekostet hatten. Er ließ verdrängte Aspekte seiner Erfahrung in sein Bewußtsein einsinken und trauerte. Schließlich klärte er für sich, was es bedeutete, daß der Krieg zu Ende war. Zu führen hieß für ihn heute dasselbe, aber auch etwas anderes als während des Krieges.

Dies ist ein schönes Beispiel dafür, wie die Weisheit der Gruppe eine Situation korrigieren kann. Es zeigt auch, wie spätere Lebenserfahrungen die frühen Entwicklungsthemen dominieren können, an die Therapeuten oft denken. Des weiteren wird hier deutlich, wieviel im therapeutischen Prozeß möglich ist. Der Therapeut ging experimentell vor, ohne sich auf seine Vermutung zu versteifen, und war bereit, eine andere Richtung einzuschlagen, als die zuerst gewählte sich als unfruchtbar erwies. Es war Raum da für andere Intuitionen, und schließlich ging der Prozeß dorthin, wohin er gehen mußte.

Warum priesen die Alten das Tao?
Ist es nicht dem Tao zu verdanken, daß der Suchende findet und dem Schuldigen vergeben wird?
Deshalb wird es auf der Welt so geschätzt.

Wu, 62

EINFACH SEIN

Wer die Menschen kennt, ist klug;
wer sich selbst kennt, hat Einsicht.
Wer andere besiegt, hat Kraft;
wer sich selbst besiegt,
ist wahrhaft stark.

Wer weiß, wann er genug hat, ist reich...
Und wer stirbt, aber nicht vergeht,
genießt wahre Langlebigkeit.

Wu, 33

Die Prinzipien gewaltloser, nichttuender, achtsamer Therapie sind grundlegend. Wenn die Therapeutin sie lebt und atmet, entfalten sich die Techniken ganz natürlich im Verlauf des Prozesses. Wenn die Therapeutin persönlich und professionell nicht in den Prinzipien verankert ist, werden die Techniken einfach nicht funktionieren. Die Therapeutin ist ihr eigenes bestes Instrument.

Hört ein Edler vom Tao,
so beginnt er es sofort zu verkörpern.

Mitchell, 41

Er denkt nicht über seine Handlungen nach;
sie fließen aus dem Kern seines Seins.

Mitchell, 50

Einer der Gründe, weshalb die Therapeutin in der Lage ist, uns in unserer Welt anzunehmen, liegt darin, daß sie selbst von der Welt genährt wird und sie genießt, wie sie ist. Sie ist reich. Sie erkennt, daß sie genug besitzt, und verkörpert diese Erkenntnis. Sie lebt diese Affirmation des Vertrauens, was ihrer Arbeit Integrität verleiht.

Der Weise kennt, ohne umherzuwandern,
Er versteht, ohne zu sehen.

Chan, 47

Zufrieden zu sein mit dem, was sie hat, bedeutet, daß sie im Frieden mit ihren eigenen Begrenztheiten ist. Sie kann in der Mitte bleiben. Sie ist gefeit gegen Bedrohungen in Form von Forderungen, andere glücklich zu machen und ihre Erwartungen zu erfüllen. Sie ist nicht beherrscht von dem Bedürfnis, die Dinge unter Kontrolle zu haben, gemocht zu werden oder die Gefühle eines Klienten aufzuwerten, um ihre eigenen aufzuwerten.

Auch wenn es vieles gibt, das sie nicht weiß und nicht tun kann, kann sie dennoch eine Persönlichkeit voller Weisheit und wahrer Kraft sein. Wir fühlen, daß wir ihr vertrauen und uns ihr anvertrauen können. Als Klienten müssen wir uns nicht gegen sie verteidigen oder uns ihrer annehmen. Sie kann zurückweichen und Platz machen für unser Wachstum.

All dies hat wohlgemerkt nichts damit zu tun, illusorische Perfektionsstandards erfüllen zu wollen. Sie ist vertrauenswürdig, nicht weil sie uns überlegen ist, sondern weil sie sich ausgesöhnt hat mit ihren Unklarheiten und Sehnsüchten, die sie zu einer von uns machen. Da sie erkennt, daß das Leben sie, wie sie ist, mit Güte und Würde behandelt, kann sie oft liebenswürdiger zu uns sein als wir zu uns selbst. Außerdem läßt sie zu, daß sie wächst und mehr über die Wege des Friedens und des Vertrauens erfährt, indem sie von unserem Wachstumsprozeß lernt.

Sei zufrieden mit dem, was du hast;
freue dich der Dinge, wie sie sind.
Wenn du erkennst, daß nichts fehlt,
gehört dir die ganze Welt.

Mitchell, 44

NICHT STREBEN

*Das prächtige Tao durchdringt alles...
Alle Geschöpfe ruhen in ihm
und wachsen,
keines ist von ihm ausgeschlossen.
Wenn sein Werk vollbracht ist,
beansprucht es keinen Lohn.
Es nährt alle Dinge,
herrscht aber nicht über sie...
Darum strebt der Weise nicht nach
Größe.
Also vollbringt er Großes.*
Chang, 34

Das Größte, was der Therapeut für uns tut, ist, einen Raum zur Verfügung zu stellen, einen nährenden Mutterleib, in dem sich unser Leben entfalten kann. Durch den äußeren Raum und, was noch wichtiger ist, den Raum seines eigenen Selbst, schafft er einen Ort der Sicherheit; einen vertrauenswürdigen Ort, an dem unser ganzes Leben zum Freund wird durch eine Vertrauenserklärung an unsere Weisheit und Kreativität.

Halte fest an dem großen Urbild (Tao),
Und die ganze Welt wird kommen.
Sie kommt und nimmt dabei nicht Schaden,
sondern genießt Erquickung, Frieden und Gesundheit.

Chan, 35

Wenn der Raum stimmt, vollzieht sich die Arbeit der inneren Erforschung ganz von selbst. Die Einheit des Tao überwindet Trennungen und fügt Teile zu einem Ganzen. Unser Prozeß entfaltet sich oft fast ganz ohne Führung. Den Meistertherapeuten erkennt man immer daran, wie wenig er tut. Er hilft uns erkennen, wie wir uns selbst die Macht gegeben haben, wie unser Wachstum und Wandel unser eigenes Werk sind.
Er läßt unserer inneren Weisheit vollkommene Freiheit, uns dorthin zu führen, wohin wir gehen müssen, auch wenn dies weg von ihm bedeutet.
Er weiß auch, daß die Macht des Tao zwar in seinem therapeutischen Raum und in uns vorhanden ist, um das zu tun, was immer durch Nichttun zu tun ist, doch daß wir dies vielleicht nicht erkennen. Deshalb sind wir zu ihm gekommen. Wir haben noch nicht so recht Augen, um zu sehen, und Ohren, um zu hören. Oft werden wir von unbewußten Ängsten gesteuert und brauchen einen wohlwollenden Begleiter, wenn wir diesen Ängsten ins Auge sehen. Deshalb ist er geduldig. Er arbeitet zunächst an der Sicherheit, wissend, daß sie immer durch *unsere Wahrnehmung*, ob rational oder nicht, definiert ist. In dieser Anfangsphase sieht es so aus, als täte er mehr, reagierte er mehr als in Phasen der Transformation, wo Nichttun leichter angenommen und vertraut werden kann.

Da er diesen Raum mit solcher Leichtigkeit bereitstellt, ist er oft überrascht über den Dank, den er erhält. In gewisser Hinsicht ist diese Dankbarkeit angebracht. Es ist ein seltener Glücksfall, jemanden zu finden, der es versteht zu helfen, indem er nicht zu hilfreich ist, der erleichtern kann, ohne sich in den Weg zu stellen, der Anteil nehmen kann, ohne seine eigenen Bedürfnisse mit den unsrigen zu vermischen, und der Geburtshelfer des Wandels sein kann, ohne das Verdienst von Mutter und Kind zu schmälern. Trotzdem kommt seine Fähigkeit zu helfen lediglich daher, daß er auf sein eigenes Bedürfnis nach psychischer Gesundheit und Lebensfreude achtet, das Tao tun läßt, was es am besten kann, und nicht versucht, irgendetwas Besonderes zu bewirken. Nicht ihm kommt das Verdienst für befriedigende Ergebnisse zu. Dafür ist er dankbar, denn es bedeutet, daß er keinen Ruf zu verlieren oder zu verteidigen hat. Es ist einfach wunderbar, bei der Geburt eines Kindes zugegen zu sein. Es ist einfach phantastisch zu sehen, wie ein verletztes Kind seine Angst verliert und bekommt, was es für unmöglich hielt.

Der Weise strebt nie nach Großem,
Und dadurch wird Großes vollbracht.

Chan, 63

SPRINGEN

Der Meister betrachtet die Teile
mit Mitgefühl,
denn er versteht das Ganze.

Mitchell, 39

Wie wir schon festgestellt haben, kann man in der Therapie vom Wege abkommen. Die Therapeuten können von den Drehungen, Wendungen und Einzelheiten unserer Geschichte überwältigt werden und einfach keine Möglichkeit mehr für eine befriedigende Lösung sehen. Sie können sich mit uns in sich selbst verewigenden Spielen verfangen, die eine Vertiefung des Prozesses verhindern. Sie können Informationen in uns nachjagen, und je mehr sie jagen, desto schneller laufen wir davon. Wir können auf ihre Fragen reagieren, indem wir sie beantworten und passiv auf die nächste Frage warten. Wir können jahrelang frei assoziieren, ohne jemals den Kern der Dinge zu berühren. Sie können unseren Erfahrungen hinterherrennen, von Kopfschmerzen, seltsamen Gefühlen im Magen, Träumen und Schmerzen in der Ferse bis hin zu Problemen mit unserem Äußeren, und trotzdem vertieft sich nichts auf organische Weise. Es wurden schon viele Artikel geschrieben über die sich selbst verewigenden Systeme, in denen Therapeuten und Klienten sich verfangen können und die zu einer endlosen und unbefriedigenden Therapie führen.

Therapeuten müssen in der Lage sein, vor und zurück zu treten, eng verbunden zu sein mit den kleinen Details des Geschehens, aber auch wieder Abstand zu nehmen, um das Gesamtbild zu betrachten. Sobald sie einen Überblick gewinnen, werden sie vielleicht erkennen, daß sie aus einem bestimmten System aussteigen müssen.

Viele Sackgassen können überwunden werden, wenn man in ein übergeordnetes System springt, das das ursprüngliche System beinhaltet. Ein Therapeut bemerkte, daß Ramos seinen Vorschlägen zwar widerwillig folgte, der Prozeß aber jedesmal im Sande verlief. Der Prozeß war sehr subtil, da Ramos seinen Widerwillen sorgsam verbarg. Der Therapeut lenkte Ramos' Aufmerksamkeit auf das Systematische, indem er es forschend und wertungsfrei beschrieb, und half ihm so, einen Teil seiner selbst zu entdecken, der Angst davor hatte, nicht geliebt zu werden, wenn er nicht den Vorschlägen anderer folgte. Daraufhin entdeckte er einen Teil seiner selbst, der sich über dieses Gefühl erkaufter Freundschaft oder Liebe ärgerte, jedoch Angst davor hatte, dies auszudrücken. Das Springen aus dem System (das darin bestand, daß der Therapeut Vorschläge machte und Ramos ihnen widerwillig Folge leistete) führte Ramos schließlich zu einem inneren Kind, das zwar geliebt wurde, dessen Selbstwertgefühl aber zerstört war, einem Kind, das beschloß, daß es Nähe nur haben konnte, wenn es die Freiheit aufgab, zu sein, wie es war. So gewann der therapeutische Prozeß wieder seinen lebendigen, organischen Charakter.

Mitgefühl entspringt ganz natürlich der Erkenntnis, wie ein Teil in das Ganze paßt. Zum Beispiel kann es für Therapeut wie Klient langweilig und frustrierend sein, einer endlosen Aufzählung von Schmerzen, Symptomen, interessanten Ereignissen, sinnträchtigen Assoziationen und mehr zu folgen, wie es einer Therapeutin mit Greta ging. Als ein Sprung auf eine höhere Ebene offenbarte, daß Greta furchtbare Angst davor hatte, ignoriert zu werden, unbewußt ärgerlich darüber war, nicht interessant genug zu sein, um auch ohne ständig etwas leisten zu müssen einbezogen zu werden, und verzweifelt bemüht, die Therapeutin dazu zu bringen, sie nicht allein zu lassen, offenbarte sich der Zweck dieser Flut von Symptomen. Neue Wege wurden möglich, um ihr tiefes Bedürfnis nach Einbezogenheit und Anerkennung zu befriedigen.

Im allgemeinen vollziehen sich die Sprünge in der Therapie, die uns in die Lage versetzen, unsere sich selbst verewigenden Systeme zu überwinden, von Kontext zu Form, von Feststellung zu Annahme, von Oberflächenerscheinung zu Erfahrungsgrundlage, von Erfahrung zu Bedeutung, von dem, was getan wird, zu dem, der es tut und wie er es tut, von Gedachtem zu Denkendem, von Steinchen zu Muster, von Charakterausdruck zu Kern. Und wieder kommt es darauf an, daß Therapeut und Klient die Welt zwar beobachten, ihrer inneren Wahrnehmung aber vertrauen. Jeder von beiden kann den Sprung machen oder einfach zum Ausdruck bringen, daß irgendetwas nicht zu stimmen scheint, daß es Zeit ist, zurückzutreten und eine größere Perspektive von dem, was geschieht, zu gewinnen. Therapie ist beiderseitige Zusammenarbeit und kein Guru-Schüler-Verhältnis.

Darum verweilt der wahrhaft Große bei dem, was wirklich ist, und nicht an der Oberfläche, bei der Frucht und nicht der Blüte.

Feng & English, 38

SICH ZURÜCKZIEHEN

*Das Vollkommenste erscheint
unzulänglich...
Größte Kunstfertigkeit erscheint plump.
Größte Beredsamkeit erscheint holprig.*

Chan, 45

Lao Tse zufolge sind die besten Führer die, die von den Menschen am wenigsten bemerkt werden und die die Entwicklung derart fördern, daß die anderen sagen: »Wir haben es selbst getan.« Gute Therapie lenkt die Aufmerksamkeit nicht auf sich. Wenn der Therapeut irgendeine Körperreaktion konstatiert, die vielleicht weniger als eine Sekunde dauert, kann sie von der Peripherie unseres Bewußtseins, wo wir sie leicht hätten übersehen können, ins Zentrum gelangen, wo wir sie auskosten können, um zu sehen, was sie uns zu sagen hat. »Ein leichter Schauder kommt, wenn Sie an Ihren Bruder denken, nicht wahr?« sagte ein Therapeut zu Felix. Diese Bemerkung wurde so schlicht und sachlich gemacht, daß Felix sie nicht weiter beachtete, sondern seine Neugierde sofort auf den Schauder konzentrierte.

Der Therapeut fuhr fort: »Vielleicht trägt dieser Schauder wichtige Information, wenn wir ihn ein wenig näher betrachten. Wie ist dieser Schauder?« Diese Einladung war plump in ihrer offensichtlichen Absicht, doch zum rechten Zeitpunkt und im richtigen Zusammenhang konnte sie zu intensiven Ergebnissen führen. Können und Gespür des Therapeuten blieben hinter einfachen Prinzipien und Techniken verborgen, die nicht vor Felix geheimgehalten wurden: der Überzeugung, daß eine Wahrnehmung organisch zur nächsten führt, wenn wir es zulassen; der Einladung, innezuhalten und die eigene Erfahrung gründlicher auszukosten.

Was der Schauder zu bedeuten hatte, wurde Felix durch eine Kindheitserinnerung deutlich: Er hatte zum Geburtstag ein neues, großes Fahrrad bekommen und hätte seinen Bruder damit fast von einer Klippe gestoßen, weil er es noch nicht richtig unter Kontrolle hatte. Er erkannte, daß er von jenem Augenblick an bis zum gegenwärtigen Zeitpunkt seine Fähigkeit, seinen Körper physisch unter Kontrolle zu halten, permanent in Frage gestellt hatte. Als er die Therapiesitzung verließ, fand er ganz zu Recht, dies alles selbst entdeckt zu haben.

> *[Der Meister] funkelt nicht wie ein Juwel,*
> *sondern läßt sich vom Tao schleifen,*
> *so rauh und gewöhnlich wie ein Stein.*
>
> Mitchell, 39

Carl Whitaker, ein Psychiater, der Pionierarbeit in der Familientherapie geleistet hat, hilft manchmal der Weisheit, indem er so verrückte Dinge sagt, daß wir sinnvoll darauf reagieren können. Er hätte vielleicht so etwas gesagt wie:»Ja, vielleicht haben Sie recht und sollten nie mehr irgendetwas fahren. Vielleicht sollten Sie noch eine Teilzeitarbeit annehmen, damit Sie sich einen Chauffeur leisten können, der Sie sicher herumkutschiert, und Sie nicht wieder in irgendetwas hineinrasen.« Damit würde er Felix' Selbstzweifel auf die Spitze treiben, und Felix könnte dann reagieren, indem er sagt oder denkt, daß der Vorschlag lächerlich ist.»Es muß einen Weg geben, meinen Selbstzweifel aufzuarbeiten, damit ich anfangen kann, meinem Körper mehr zu vertrauen.« Noch während er Whitaker anzweifelt, würde er beginnen, einen Bereich seines Lebens wieder in die Hand zu nehmen, in dem er glaubte, keine Kontrolle zu haben. Whitaker scheint es nichts auszumachen, verrückt oder »rauh und gewöhnlich wie ein Stein« zu erscheinen, wenn er damit jemand anderem helfen kann zu wachsen. Seine Antworten fördern nicht unbedingt die Achtsamkeit. Er bietet sie in der Unmittelbarkeit des direkten Sich-Gegenüberstehens an. Sie können aber Wellen in unserem Bewußtsein auslösen, die uns vielleicht helfen, wenn wir ihre Konturen achtsam untersuchen.

Wahre Weisheit erscheint töricht...
Die Meisterin läßt die Dinge geschehen.
Sie formt die Dinge, wie sie kommen.
Mitchell, 45

DEN HORIZONT ERWEITERN

知足

Dein Name oder dein Leib,
was ist teurer?
Dein Leib oder dein Besitz,
was ist mehr wert?
Gewinn oder Verlust, was ist schlimmer?

Also muß wer etwas zu sehr liebt,
am Ende teuer bezahlen.
Und wer zuviel ansammelt,
wird großen Verlust erleiden.

Zu wissen, wann du genug hast,
wird dich vor Schande bewahren.
Zu wissen, wann du aufhören mußt,
wird dich vor Gefahren schützen.
Nur so kannst du lange bestehen.

Wu, 44

Darum ist die Zufriedenheit,
die einer hat, wenn er weiß,
daß er genug hat,
dauernde Zufriedenheit fürwahr.

Henricks, 46

Diese Kapitel des *Tao te king* helfen uns zu verstehen, daß wir hier zwar über Gruppen- und Einzeltherapie sprechen, die zugrundeliegenden Prinzipien aber in der gesamten Schöpfung wirksam sind. Lao Tses Glaube an die Einheit – die Interdependenz und Verbundenheit aller Teile innerhalb eines größeren Ganzen – hat weitreichende politisch-ökonomische Konsequenzen. Wie sähe die Welt heute aus, wenn wir sie durch das Prisma der rechten Anschauung von Teilen innerhalb eines Ganzen sähen? In der kapitalistischen Welt würde die klare Überbetonung der Bedeutung der Teile – der autonomen Individuen – deutlich, bei gleichzeitiger Vernachlässigung für das Gewebe des Lebens. In der kommunistischen Welt hingegen würde sich eine unverhältnismäßige Betonung des Ganzen zeigen, bei gleichzeitiger Mißachtung der Integrität, der Bedürfnisse und der Nährung der Teile. Aus dem Blickwinkel von 1990 betrachtet scheint es Japan und Korea (ungeachtet all ihrer internen Unruhen und Probleme) gelungen zu sein, ein Gleichgewicht herzustellen zwischen den Bedürfnissen des Managements und der Arbeitnehmer im größeren Zusammenhang der Firma, den Bedürfnissen der Firmen im größeren Zusammenhang der Nation, und den Bedürfnissen der Nation im größeren Zusammenhang der Weltwirtschaft. Egal welche politisch-ökonomische Struktur wir einführen, Lao Tse sagt Probleme für alle und jeden voraus, die ihr Glück im Reich des Geldes, des Ruhms, des Erfolgs und anderer Äußerlichkeiten suchen. Die Befolgung des Tao verringert die Bedürfnisse und führt zu einer Einfachheit, die nichts gemein hat mit endlosem Konsumieren.

Wenn ein Land weise regiert wird...
genießen die Menschen ihr Essen,
sind gerne mit ihrer Familie zusammen,
verbringen Wochenenden mit Gartenarbeit
und erfreuen sich der Aktivitäten der Nachbarschaft.
Mitchell, 80

Sie sind auf ihre Art glücklich.
Obwohl sie in Sichtweite ihrer Nachbarn wohnen,
und Hahnengeschrei und Hundegebell
von beiden Seiten zu hören sind,
lassen sie einander in Frieden,
während sie alt werden und sterben.
Feng & English, 80

Auch wenn das *Tao te king* den Wert der Einfachheit betont und des Sich-nähren-Lassens von dem, was ist, müssen wir uns, wenn wir dem Tao folgen, doch der vielfältigen Bedürfnisse des Ganzen annehmen, was tiefgreifende Auswirkungen auf die Reorganisation unseres Zusammenlebens hat. Denn, um ein jüdisch-christliches Bild zu gebrauchen, wenn es wahr ist, daß wir alle voneinander abhängig sind, können wir die Armen oder irgendeinen Teil des Körpers nicht Hunger leiden oder unterernährt sein lassen, ohne dem ganzen Körper Schaden zuzufügen. Wir müssen die Freilassung der Gefangenen verkünden, denn jeder Teil ist notwendig, wenn das Ganze richtig funktionieren soll. Den Blinden muß ihr Augenlicht wiedergegeben werden, denn jeder Teil muß im Vollbesitz seiner Sinne sein. Und die Unterdrückten müssen befreit werden, denn ein Körper kann unmöglich gesund sein, wenn er sich selbst bekämpft und all seine Energien auf die innere Kriegsführung verwendet.

Diese philosophische Sichtweise würde dazu führen, daß in den Fabriken Traktoren statt Sprengköpfe produziert würden und man sich um innere Integrität, Kooperation und Ganzheit bemühen würde, was der Anerkennung von außen, dem Horten von Besitztümern und den fürchterlichen Dramen der Zersplitterung entgegensteht.

Wenn ein Land seine Mitte im Tao hat,
wenn es sein eigenes Volk ernährt
und sich nicht in die Angelegenheiten anderer einmischt,
wird es allen Ländern der Welt eine Leuchte sein.

Mitchell, 61

Das folgende Beispiel illustriert, wie teuer es einen zu stehen kommen kann, wenn keine Möglichkeiten gefunden werden, diese Prinzipien zu befolgen, was leichter gesagt als getan ist. Norbert arbeitete als psychologischer Berater in einem städtischen Berufsbildungszentrum, dessen Klientel sich hauptsächlich aus den ethnischen Minderheiten dieses Ballungsgebiets rekrutierte. Norberts Aufgabe war es, mit Klienten zu arbeiten, die ein zu geringes Selbstwertgefühl oder andere psychische Probleme hatten, die ihre Leistung innerhalb des Schulungsprogramms beeinträchtigten. Nach drei Jahren wurde deutlich, daß die Arbeit des Zentrums im allgemeinen und Norberts Arbeit im besonderen nicht sonderlich produktiv waren. An übergeordneter Stelle wurde überlegt, ob es überhaupt noch sinnvoll oder vertretbar sei, die Arbeit fortzusetzen. Wie so oft wurde eine Untersuchung in Auftrag gegeben, die herausfinden sollte, warum eine an sich gute

Idee (das Anbieten beruflicher Ausbildung) nicht funktionierte. Das allgemeinste Ergebnis der Untersuchung war, daß das Zentrum zum Scheitern verurteilt war, weil es nur einen kleinen Ausschnitt behandelte und dem Ganzen, mit dem dieser unauflöslich verwoben war, keine Aufmerksamkeit schenkte. Norberts Tätigkeit zum Beispiel beruhte auf der Annahme, daß Selbstwertgefühl und Motivation eine rein individuelle Angelegenheit seien, die man mit Hilfe eines erfahrenen Beraters in den Griff bekommen könnte. Die Untersuchung zeigte auf, daß diese Annahme eine hoffnungslose Vereinfachung darstellte.

Zum einen glaubten Norberts Klienten nicht daran, daß sie nach der Ausbildung eine gute Stelle finden könnten. Angehörige einer Minderheit bekamen in der Großstadt prinzipiell nur schlecht bezahlte Arbeit. Es bestand nachweislich Diskriminierung der Randgruppen bei der Beförderung auf besser bezahlte Stellen. Die Gewerkschaften nahmen nur sehr wenige Angehörige von Minderheiten auf, auch wenn sie die formalen Kriterien erfüllten. Norberts Klienten waren keineswegs davon überzeugt, daß der Erwerb von Zeugnissen, die dem High-School-Abschluß entsprachen, sie aus ihrer Ghetto-Situation herausbringen würde. Und das College zu schaffen, schien völlig illusorisch.

Selbst die, die motiviert waren, mit Norbert an ihren inneren Anschauungen zu arbeiten, hatten Schwierigkeiten bei der Terminvereinbarung. Es war eine Zeit des schnellen Wachstums und der Veränderung der Infrastruktur in den Ballungsgebieten. Viele Wohnungen und Häuser waren abgerissen worden, um Platz zu machen für große Geschäftskomplexe. Außerhalb der Stadtgrenzen, auf früherem Agrarland, waren auf einem ausgedehnten Gebiet Wohnblocks mit Sozialwohnungen gebaut worden. Einige von Norberts Klienten waren dorthin umgesiedelt worden, und sie wußten nicht, wie sie jetzt in die Stadt kommen sollten. Es gab keine Kaufhäuser und Läden, die sie zu Fuß hätten erreichen können, und die öffentlichen Verkehrsmittel, die die Randgebiete mit der Innenstadt verbanden, fuhren selten und kosteten viel Geld. Selbst wenn es einem Klienten gelang, das Transportproblem zu überwinden und zu Norbert zu gelangen, blieb da in vielen Fällen immer noch das Problem der Betreuung der Kinder. Die Leute, die in das neue Wohngebiet umgesiedelt worden waren, waren nun sehr häufig von ihren Verwandten und Freunden, die früher gelegentlich auf die Kinder aufgepaßt hatten, getrennt. Ließ man die Kinder in der Hochhaussiedlung allein, kamen sie oft in Schwierigkeiten. Obwohl Tausende von Wohneinheiten gebaut worden waren und kinderreiche Familien dort wohnten, gab es weder Parks noch Spielplätze. Immobilienfirmen sowie städtische Beamte waren der Ansicht, daß das Land zu teuer sei, um es für Erholungsflächen zu verschwenden. Also spielten die Kinder auf der Straße, plünderten Autos aus und kamen in immer jüngerem Alter mit Drogen und Prostitution in Berührung. Zur Schule mußten sie weite Strecken mit dem Bus zurücklegen, weshalb sie nach dem Unterricht kaum Gelegenheit hatten, mit ihren neuen Schulfreunden zu spielen.

Norbert und seine Kollegen erkannten sehr schnell das Transportproblem ihrer Klienten und beantragten zusätzliche Mittel, um es zu lösen. Den Verantwortlichen widerstrebte es, noch mehr Geld in ein ohnehin schon teures Projekt zu stecken, bevor sein Wert erwiesen war. Die Mitarbeiter des Zentrums wußten, daß viele kleinere Firmen, die das Personal, das sie ausbildeten, gut gebrauchen konnten, nicht groß genug waren, um eigene Einrichtungen für die Kinder ihrer Angestellten zu betreiben. Das Zentrum versuchte ein neues Konzept zu verwirklichen, demzufolge ein Dutzend kleinerer Firmen zusammen eine gemeinsame Kindertagesstätte finanzieren sollte. Der Gedanke wurde mit Interesse aufgenommen, doch nach einem Jahr der Diskussionen war noch wenig konkreter Fortschritt zu sehen.

Gerd, ein Freund von Norbert, der Freunde und Verwandte in dem neuen Wohngebiet hatte, beschloß, etwas für all die Kinder zu tun, die dort in Schwierigkeiten gerieten. In dieser Siedlung wurden prozentual gesehen fünfmal mehr Jugendliche straffällig als im Durchschnitt des Bundesstaates. Gerd zog in das Neubaugebiet und begann seine Arbeit mit einer Zuwendung über 6.000 Dollar von einer kirchlichen Stiftung. Auf einem rückwärtigen Baugrundstück legte er einen Basketballplatz an und stellte eine Liga, bestehend aus neun Teams mit über hundert Mitspielern, auf die Beine. Er organisierte einen Leichtathletikwettbewerb für alle zwischen zwei und zweiundneunzig, wobei er eine Straße teilweise sperrte und als provisorisches Stadion verwendete. Eine nahegelegene Firma bat er darum, Preise für alle Teilnehmer zu stiften. Er bot Kurse an, in denen die Kinder lernen konnten, sich zu beschäftigen, wenn sie nach der Schule in die leere Wohnung zurückkehrten. Er brachte jemanden dazu, einen Computerclub zu gründen, jemand anderen, ein Musical zu inszenieren, eine kirchliche Gemeinde, einen Pfadfinderclub zu organisieren, einen Richter, mit ihm zusammen alternative Strafen auszudenken, und vieles mehr. Sechs Monate später waren 30 Prozent weniger Jugendliche in kriminelle Delikte verwickelt. Der im Bundesstaat für den Bereich Jugenddelinquenz Verantwortliche würdigte Gerds Arbeit, denn einen Jugendlichen in einer Justizvollzugsanstalt aufzubewahren kostete den Steuerzahler mehr als 36.000 Dollar pro Jahr, die Kosten für Polizei, Bewährungshelfer, Rechts- und Staatsanwälte und die Gerichtshöfe noch nicht eingerechnet. Er bewilligte weitere 14.000 Dollar staatlicher Gelder, um das Projekt am Laufen zu halten. Nach neun Monaten war die Zahl der im Strafvollzug befindlichen Jugendlichen um 45 Prozent gefallen. Nach einem Jahr lief die kirchliche Unterstützung, die nur als Anschubsubvention für neue Projekte gedacht war, aus. Bundesmittel für Präventivprogramme wurden gestrichen, da Politiker auf allen Ebenen sich auf einen »harten Kurs gegen die Kriminalität« einschossen, was hieß, mehr Polizei auf die Straße zu bringen zu einem Preis von mehr als 50.000 Dollar pro Beamten und Jahr und mehr teure Gefängniszellen zu bauen.

Alles in allem war der Preis, den die Gemeinschaft dafür zu zahlen hatte, daß sie ihre Anstrengungen zur Lösung der Probleme nicht koordinierte, immens hoch. Nicht für Transportmittel, Kindertagesstätten und ein besseres Klima zur Herstellung von wirtschaftlicher Gerechtigkeit unter den Rassen zu sorgen, führte zur Verschwendung von sehr viel Geld, das in ein verfehltes Berufsbildungszentrum gesteckt wurde. Norberts psychologische Betreuung konnte lediglich unterstützend wirken, nicht aber verändernd. Die Firmen bekamen keine Quelle, aus der sie qualifiziertes Personal schöpfen konnten. Es wurden keine neuen potentiellen Konsumenten geschaffen, die von der Sozialhilfe hätten herunterkommen können. Nicht für Sport- und Spielplätze zu sorgen und kein Geld für Präventivprogramme in dem Wohngebiet bereitzustellen brachte der Region schließlich enorme finanzielle Belastungen in den Bereichen Justiz, Strafvollzug, medizinische Versorgung und ähnlichem. Die Leute bekamen Angst, auf die Straße zu gehen, derart war die Kriminalitätsrate gestiegen. Die Gegensätze zwischen den Rassen und sozialen Schichten wurden größer. Die Politiker lenkten die Aufmerksamkeit ins Ausland auf Dinge wie unfaire Handelspraktiken, repressive Regimes und Verletzungen der Menschenrechte und wurden nicht müde zu betonen, daß ihr Land trotz einiger kleiner Probleme doch noch der beste Platz auf Erden sei.

Die Armen, Benachteiligten und Unterdrückten in ihrem Elend zu belassen, kostete so viel, daß Gemeinden, Städte und Land daran erkrankten, was nicht richtig erkannt und verstanden wurde, wovon aber das Leben jedes einzelnen in der Gemeinschaft betroffen war.

Ob individuell oder gesellschaftlich gesehen, erteilt das Tao uns harte Lehren, indem es uns erlaubt, die Folgen unseres eigenen Handelns zu erfahren.

Wenn die Welt im Einklang mit dem Tao regiert wird, arbeiten die Pferde auf den Höfen.
Wenn die Welt nicht im Einklang mit dem Tao regiert wird,
werden Pferde und Waffen an der Grenze gebraucht.
Kein Verbrechen ist größer als ehrgeiziges Streben.
Kein Unglück ist größer als Unzufriedenheit.
Kein Fehler ist größer als Eroberung.

Chang, 46

DIE TUGEND FÖRDERN

Alle Dinge entstehen aus dem Tao.
Sie werden aus der rechten Gesinnung genährt.
Sie sind aus Materie gebildet.
Sie werden durch die Umwelt geformt.
Also achten all die zehntausend Dinge das Tao und ehren die Tugend.
Das Tao zu achten und die Tugend zu ehren, ist kein Gebot, sondern liegt in der Natur der Dinge.

Feng & English, 51

Psychotherapie wird manchmal als ein Prozeß beschrieben, in dem ethische Fragen suspendiert sind, Gefühle im Unterschied zur Tugend gefördert werden und alles bis auf Körperverletzung erlaubt ist. Aber immer ist sie ein wertegeladenes Unterfangen. Alles, was ein Therapeut tut, enthüllt ein bewußtes oder unbewußtes System von Werten und Anschauungen. Lao Tse lehrt, daß ein jeder von uns mit Tugend ausgestattet ist. Idealerweise sollte jeder reife Mensch erkennen, was passend ist, und instinktiv entsprechend handeln. Psychotherapie in der Tradition

Lao Tses befaßt sich mit Fragen von Reife und Tugend, indem sie erforscht, wie unsere Wahrnehmung und unser Handeln organisiert sind. Sehen wir unsere Verflochtenheit mit allem Leben richtig, und ist unser Leben geprägt von Dankbarkeit und Mitgefühl? Oder organisiert unser Bewußtsein unsere Erfahrung und unseren Selbstausdruck durch allerhand beängstigende, deformierende Illusionen, die uns auf schädliche Wege führen?

*Jedes Wesen im Universum (also auch wir)
ist Ausdruck des Tao.*

Mitchell, 51

Wissen wir dies auf mehr als einer rein intellektuellen Ebene? Oder kommt es uns darauf an, schön, klug, reich und im Recht zu sein, wobei wir dann auch sicherstellen müssen, daß es die anderen gibt, auf die wir mit dem Finger zeigen können, die häßlich, dumm, arm und im Unrecht sind? Die taoistischen Psychotherapeuten haben wenig Zutrauen, daß die bewußte Ebene des Moralverständnisses eines Menschen ihn zu ethischen Verpflichtungen führen wird.

*Je mehr Tabus und Verbote es auf der Welt gibt,
desto ärmer wird das Volk.
Je schärfere Waffen das Volk besitzt,
desto größere Verwirrung herrscht im Reich...
Je wortreicher die Gesetze und Verordnungen sind,
desto mehr Räuber und Diebe gibt es.*

Wu, 57

Wird das Land mit Härte und scharfen Ermittlungen regiert,
so wird das Volk verlogener und unehrlicher.

Chang, 58

Wenn die Menschen die Ehrfurcht verlieren,
wenden sie sich der Religion zu.
Wenn sie kein Vertrauen zu sich selbst mehr haben,
werden sie abhängig von Autoritäten.

Mitchell, 72

Der hier beschriebene therapeutische Prozeß hofft, die Ehrfurcht wiederherzustellen durch die Förderung des Vertrauens in die innere Autorität unserer eigenen Erfahrung, die uns wieder mit uns und der uns umgebenden Welt verbinden kann. Nur die selbstbewahrheitende Erfahrung unseres inneren »Ja!« gibt tugendvollen Worten Substanz, auch wenn die Worte an sich wertvoll sein mögen.

Heißt dies, daß nichts weiter vonnöten ist, als ein wenig inneres Gewahrsein zu fördern, um aus uns einen Ausbund an Tugend zu machen? Nein. Es braucht sehr viel, nicht nur ein wenig Gewahrsein. Wir müssen verschiedene Stufen überwinden, und es kommt auch sehr darauf an, wie unser Leben in der Gemeinschaft und unsere Beziehungen beschaffen sind.

Zunächst brachte ein wenig inneres Gewahrsein June, eine Frau mit nur wenigen Freunden, dazu, ein leichtes Unbehagen zu erkennen, wenn sie mit neuen Leuten zusammenkam. Als sie sich in die innere Erforschung vertiefte, geriet sie, ohne es zu steuern, bei der Vorstellung, andere zu nahe an sich heranzulassen, in Panik und Wut. Sie erinnerte sich daran, gebraucht und mißbraucht worden zu sein. Die Entscheidung des kleinen Mädchens, stark zu sein und anderen gegenüber eine Machtposition zu behalten, wurde bewußt. Junes innere Weisheit führte sie zur Quelle ihres Leids. June wäre aber wohl kaum ohne die Anwesenheit eines Therapeuten, der auf die Schöpfung im allgemeinen und die Weisheit von Junes Ängsten und Hemmungen im besonderen vertraute, so weit gekommen.

Auf der nächsten Stufe lud der Therapeut June ein zu beobachten, wie es wäre, wenn sie die Möglichkeit durchspielte, Menschen, die die Nähe nicht gegen sie verwenden würden, an sich heranzulassen. Automatisch bildeten sich Barrieren, die von ihrer früheren Angst und ihrem füheren Leid aktiviert worden waren. Auf jede Barriere wurde eingegangen, um herauszufinden, was nötig war, um die neue Möglichkeit zuzulassen. Keine negative Regung, keine Angst, keine Abwehr gegen die Vorstellung der Nähe wurde übergangen. Schließlich fand die Transformation statt, als June in der Lage war anzuerkennen, daß es gut und möglich war, *manchmal* Nähe mit *manchen* Leuten zuzulassen. Diese neue Möglichkeit anzunehmen, war für sie eine wirkliche Erfahrung mit dem Therapeuten und einigen anderen Gruppenmitgliedern. Sie behielt das Wissen, daß einige (wenn auch nicht alle) Menschen Nähe und Verletzlichkeit ausnutzen, um sich selbst mehr Macht zu verschaffen, und sie wußte, daß sie gegen solche Menschen immer ihre Fähigkeit einsetzen konnte, sich zu verteidigen.

Was die Förderung von Tugend anbelangt, war es wichtig, daß sie lernte, bewußter und mitfühlender mit ihrer eigenen Lebenspilgerfahrt und der Art und Weise, wie sie sich um

Machtfragen herum organisiert hatte, umzugehen. Sie bekam schon eine kleine Vorahnung davon, wie wunderbar die Möglichkeit zu engeren Beziehungen war, wieviel Sinn und Freude sie bringen können. Ihr Mitgefühl war dann in der Lage, allmählich auch jene einzuschließen, die manipulierend oder ausbeuterisch sein konnten.

Die Rolle, die der Therapeut, die Gruppe und die Gemeinschaft, in die June wieder zurückkehrte, bei der Unterstützung ihres neuen Wachstum spielten, kann gar nicht hoch genug eingeschätzt werden. Das asiatische Denken allgemein und Lao Tse ganz besonders stellen das autonome Ich nie über die Gemeinschaft. Die Gemeinschaft ist für das Individuum wesentlich. Deshalb richtet Lao Tse seine Ratschläge an diejenigen, die durch ihre Regierung die Gemeinschaft beeinflussen. Das bringt uns wieder direkt zum Sein des Therapeuten und anderer zurück, mit denen wir engen Kontakt haben. Modelle und Beziehungen haben größeren Einfluß als korrekte Analyse. Ein kleines Kind lernt seine Muttersprache dadurch, daß es, während es aufwächst, von einer Gemeinschaft umgeben ist, die diese Sprache spricht, und nicht durch das Lernen von Grammatikregeln. Entsprechend können wir unsere psychische Gesundheit, Ganzheit und Tugend am besten vergrößern, wenn wir in Gemeinschaft mit denen leben, die diese Prinzipien verkörpern.

Darum entstehen alle Dinge aus dem Tao.
Die Tugend nährt sie,
entfaltet sie, umhegt sie,
beschirmt sie, beruhigt sie,
läßt sie wachsen und beschützt sie.
Erschaffen, ohne zu beanspruchen,
tun, ohne zu erwarten,
führen, ohne einzugreifen.
Das ist die Urtugend.

       Feng & English, 51

DIE MASKEN ABNEHMEN

*Der große Weg ist eine sehr ebene Straße,
doch die Menschen nehmen umwegige
Pfade.
Also sind die Paläste höchst elegant,
doch die Höfe des Volkes sind äußerst
ärmlich,
und in den Speichern ist kein Korn.
Die Herrscher kleiden sich in teure
Gewänder
und tragen schmucke Schwerter,
sie tun sich an Essen und Trinken gütlich
und besitzen Reichtümer und wertvolle
Dinge im Überfluß.
Dies ist die größte Räuberwirtschaft
und wahrlich gegen den großen Weg.*

Chang, 53

Lao Tse lehrt, daß Aufmerksamkeit nötig ist, damit wir uns nicht von unserer Kultur einlullen lassen und die Masken abnehmen können, die uns daran hindern, die Wahrheit zu leben. Daß das nicht so einfach ist, hängt zum Teil damit zusammen, daß wir der Welt nicht in einem Zustand begegnen, den der Philosoph Martin Heidegger als »Lichtung« bezeichnet. Wir haben keine Augen, um zu sehen, und keine Ohren, um zu hören. Unsere Masken verhindern nicht nur, daß andere uns sehen, sondern verfälschen unsere eigene Wahrnehmung. Wir erkennen und schätzen Vollkommenheit, Fülle, Schönheit oder Schmerz nicht, wenn sie gegenwärtig sind. Wir sind nicht achtsam. Zum Teil kommt dies daher, daß unser Bewußtsein mit den Filtern einer bestimmten Kultur versehen wurde, dem färbenden Mythos eines ganzen Zeitalters. Vielleicht haben wir uns einlullen lassen vom Glanz höchster Eleganz, teurer Gewänder und schmucker Schwerter.

Therapie fördert unser Verbundensein mit einem größeren Spektrum von Wirklichkeiten. Sie befähigt unser Bewußtsein zu einer größeren Wahrnehmungsfreiheit. Unser Bewußtsein wird nach innen oder nach außen auf die gegenwärtige, konkrete Erfahrung gerichtet. Damit diese Erforschung gelingen kann, müssen wir unsere automatischen Urteile und Meinungen und unsere kulturelle Prägung für eine Zeit loslassen. Während wir das, was wir entdecken, integrieren, haben wir die Gelegenheit, unsere Erfahrung mit der unseres kulturellen Erbes zu vergleichen. Wir können entscheiden, ob der Rahmen, in den unsere Tradition die Lebenswirklichkeiten stellt, und die Art und Weise, wie sie sie ausdrückt, mit unseren persönlichen Einsichten vereinbar sind. Wir können nicht einfach aus unserem kulturellen Rahmen herausspringen, um einen vermeintlich neutralen, objektiven Standpunkt anzunehmen, doch wir können uns einem Dialog mit unserer Tradition öffnen, in dem wir wählen, was uns passend erscheint, und gleichzeitig – wo nötig – ihre Umrisse und Grenzen ausweiten.

Unabhängig von unserem kulturellen Erbe haben wir im Zustand der Achtsamkeit die Möglichkeit, wie der Schriftsteller und Philosoph W. H. Hudson zu entdecken, daß die Befreiung zum Sehen eines einzigen Grashalms wunderbarer und verheißungsvoller ist als das Eintauchen in die Flut der letzten Moden und Marotten. Wir können sogar lernen, die Erfahrung, einen neuen Mantel zu tragen oder einen technisch ausgereiften Wagen zu fahren, so genüßlich auszukosten, daß wir nicht schon vom nächsten Mantel oder Wagen träumen müssen. Wir können den Augenblick schätzen für das, was ist, und auch, was nicht ist. Wir können uns von seiner Fülle und Vollkommenheit nähren lassen, was uns auch die Freiheit geben kann, die Verdrehungen der kulturellen Maskierungen um uns herum zu sehen.

Wenn ich nur ein wenig Gewahrsein hätte
und dem großen Weg folgte,
wäre meine einzige Furcht, davon abzukommen.

Chang, 53

AUSDEHNEN

*Was wohl gepflanzt ist,
kann nicht entwurzelt werden...*

*Pflege die Tugend in deiner Person,
und sie wird zum Bestandteil deiner
selbst.
Pflege sie in der Familie,
und sie wird dort verharren.
Pflege sie in der Gemeinde,
und sie wird wachsen und gedeihen.
Pflege sie im Staate,
und sie wird üppig blühen.
Pflege sie in der Welt,
und sie wird grenzenlos sein.*
Wu, 54

Einer der stärksten kulturellen Mythen des Westens, dem es die Maske abzunehmen gilt, ist der des akulturellen, ahistorischen und apolitischen Individuums. In der westlichen Welt haben wir unkritisch den Begriff eines Individuums verbreitet, das persönliche Bedeutung schaffen kann unabhängig von sozialen Einbindungen und losgelöst von emotionalen Familienbanden, das die Lebenskrisen ohne Abhängigkeiten objektiv und emotionslos überwinden kann, das dem Leiden ins Gesicht sehen kann, ohne es zu meiden, und dem Tod, ohne zurückzuschrecken, und vieles mehr – und all das durch Einsatz der Kräfte des voll verwirklichten, autonomen Selbst. Im kulturellen Vergleich muß diese westliche Verherrlichung des Selbst als illusorisch, aber auch tyrannisch angesehen werden, denn sie ignoriert völlig die Realität, in der die Entwicklung von Individuen unlösbar mit ihrem sozialen und kulturellen Kontext verquickt ist, wie wir es in dem Kapitel »Den Horizont erweitern« bereits illustriert haben. Wie Lao Tse in Kapitel 54 ausführt, muß die Tugend, die Fähigkeit in der richtigen Beziehung zu uns selbst und unserer Umgebung zu leben, gepflegt werden und sich im Individuum tief einwurzeln; aber um wahrhaft wohl gepflanzt zu sein, muß sie sich auch auf Familie, Gemeinde, Staat und Welt ausdehnen.

Die Art von Therapie, die wir in diesem Buch betrachten, die sich vom Reden über unsere Geschichte im Alltagsbewußtsein zur Erforschung unserer inneren Erfahrung in einem achtsamen Bewußtseinszustand bewegt, versteht sich nie als auf den Kontext von Einzeltherapie begrenzt, obwohl dies in unserer westlichen Welt leicht angenommen werden könnte. Eine Ausnahme bildet auch die Arbeit mit Klienten, die irgendein traumatisches Erlebnis hatten, wie zum Beispiel Krieg oder sexuellen Mißbrauch als Kind. Einzeltherapie mag streckenweise angebracht sein, doch wir müssen auch eine Selbsthilfegruppe finden, in der wir mit in ähnlicher Weise Betroffenen unsere Geschichte teilen können. Es ist wichtig, unsere Erfahrung von anderen bestätigt zu sehen, die das gleiche Schicksal hatten, die Ähnlichkeiten zwischen ihrer und unserer Erfahrung festzustellen, zu erkennen, daß wir zum damaligen Zeitpunkt das Bestmögliche getan haben, und die Unterstützung der Gruppe zu bekommen, um zu tun, was immer zu unserer eigenen Heilung nötig ist, und um Einfluß zu nehmen auf öffentliche Maßnahmen, die zur Heilung des größeren Ganzen der Gesellschaft nötig sind. Bei solchen Traumata nur Einzeltherapie anzuwenden, hieße, daß die Probleme in uns liegen, und ließe die Dimension der Gemeinschaft unberücksichtigt.

Noch etwas ist zu beachten, wenn jemand in einer ernsthaften, langfristigen Beziehung lebt. Wenn wir das Bedürfnis verspüren, irgendeinen Aspekt unseres Lebens mit einem Therapeuten zu erforschen, wäre es gut, wenn unser Partner mitkäme. Manche Therapeuten setzen dies sogar voraus. Der Fachbegriff dafür ist »Paartherapie«. Dies ist wichtig, denn anders als Filme vom einsamen Cowboy uns glauben machen, leben wir nicht als unabhängiges, unbeeinflußtes Ich. Mächtige, teils unbewußte Kräfte ziehen uns als Paar zusammen. Die Beschaffenheit der emotionalen Ausgangsbasis, die wir gemeinsam errichten, hat tiefgreifenden Einfluß auf unser Leben.

Unsere persönlichen Lebensfragen in Anwesenheit der geliebten Person zu erforschen, hat viele Vorteile. Zum Beispiel kann es ihr Mitgefühl und Verständnis für das, was wir sind, vertiefen. Es kann ihr klar machen, wie sie unsere Ängste aktiviert. Es verschafft ihr größere Einsicht, wie sie uns in den Bereichen unterstützen kann, in denen wir wachsen müssen. Es kann ihr helfen zu erkennen, daß wir eine ganze Menge Gepäck und eigene Geschichte, die nichts mit ihr zu tun haben, schon in die Beziehung mitbrachten. Das kann sie dann unterstützen, nicht alles, was wir sagen oder tun, so persönlich zu nehmen, und nicht so sehr die Schuld bei sich zu suchen, wenn wir unangenehm reagieren. Auch wenn wir diejenigen sind, die sich ursprünglich problembeladen oder hilfesuchend an den Therapeuten wandten, so dauert es normalerweise nicht lange, und der Partner beginnt auch, sich selbst zu erforschen, so daß Verständnis und Mitgefühl sich auf beiden Seiten entfalten.

Es kann aber auch sein, daß unsere Beziehung so verletzend und destruktiv ist, daß wir nicht genügend Achtung und Sicherheit finden, um uns in Anwesenheit des anderen zu erforschen. Dann muß uns der Therapeut vielleicht getrennt betreuen und gemeinsame Sitzungen nur dann anberaumen, wenn es angemessen erscheint. Jedenfalls sind die Themen, die im Zusammenhang mit einer uns nahestehenden Person angerührt werden, oft die ergiebigsten, was den Anstoß von Lern- und Wachstumsprozessen anbelangt. Dies setzt natürlich voraus, daß wir gewillt sind, unsere eigene Rolle in der Beziehung zu betrachten und nicht einfach davon auszugehen, daß der andere Fehler macht und sich ändern muß. Wenn wir uns dafür entscheiden, allein eine Therapie zu machen, sollten wir uns der Gefahr bewußt sein, daß wir uns vielleicht in einer Weise verändern werden, die für unseren Partner bedrohlich und schwer verständlich ist. Wenn wir uns verändern, verändert sich der ursprüngliche Vertrag oder das Bündnis, das uns zusammenbrachte. Dies kann einen Riß in unserer Beziehung erzeugen oder den Riß, der sich bereits abzeichnete, vertiefen. Manchmal allerdings, und insbesondere, wenn wir uns in sogenannter Ko-Abhängigkeit mit jemandem befinden, das heißt, wenn wir seine Bedürfnisse und sein destruktives Verhalten unangemessen schützen und stützen, ist es am besten für uns, den Partner und die Beziehung, wenn wir unserer eigenen Wege gehen.

Die allgemeine Weisheit Lao Tses liegt darin, daß alle Dinge aus dem Tao stammen und deshalb alles mit allem verbunden ist. Wenn eines sich verändert, verändert sich alles. Die Veränderungen eines Individuums können Auswirkungen auf die Familie oder die Nachbarschaft haben. Eine politische oder wirtschaftliche Veränderung in einem Gemeinwesen kann Auswirkungen auf das Individuum haben. Diese Art der Systemlogik ist die Grundlage der Familientherapie. Eine Therapeutin könnte uns beispielsweise nahelegen, daß es hilfreich wäre, verschiedene Familienmitglieder in eine oder mehrere Sitzungen einzubeziehen. Manchmal, insbesondere bei der therapeutischen Arbeit mit Jugendlichen, kann es hilfreich sein, so viele Teile eines Beziehungssystems wie möglich konkret zu berücksichtigen: Lehrer, Schulberater, Arbeitgeber, Seelsorger, Trainer, Bewährungshelfer, Freunde, Nachbarn, Familienmitglieder.

Egal, auf welcher Komplexitätsebene wir unser Beziehungsgeflecht erforschen, wir können die Prinzipien der aus dem Tao fließenden respektvollen und achtsamen Therapie befolgen. Ein Ehepaar, eine Familie oder eine Gemeinschaft können in ähnlicher Weise zurücktreten und sich selbst beobachten, wie wir dies als Individuen können. Um produktiv zu sein, erfordert die Arbeit auf jeder Ebene die Bereitschaft, uns selbst leer zu machen von dem, was wir zu wollen und zu wissen meinen, und eine entsprechende Bereitschaft, uns dem zu öffnen, was als wichtig und notwendig zum Vorschein kommt.

Der Weg des Himmels ist es,
anderen zu nützen und nicht zu schaden.
Der Weg des Weisen ist es,
zu handeln aber nicht zu wetteifern.

Chan, 81

SCHLUSS

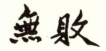

Wer festhält, verliert...

*[Der Weise] hilft allen Geschöpfen nur,
ihre eigene Natur zu finden,
aber er wagt nicht,
sie am Gängelband zu führen.*
Wu, 64

*Er ruft den Menschen einfach
in Erinnerung,
was sie schon immer gewesen sind.*
Mitchell, 64

Lao Tse gibt uns viel, worüber wir nachdenken und was wir auf unserem Weg zur Stärkung der Tugend in unserer Familie, unserer Nachbarschaft und verschiedenen Gemeinschaften in uns aufnehmen können:

*Weil er es aufgegeben hat zu helfen,
ist er die größte Hilfe der Menschen.*
Mitchell, 78

*Die Macht des Meisters ist so.
Er läßt alle Dinge kommen und gehen,
mühelos und ohne Begierde.*
Mitchell, 55

Demut heißt, dem Tao vertrauen;
also wird Abwehr für alle Zeit unnötig.

Mitchell, 61

Bist du mitfühlend mit dir selbst,
versöhnst du alle Wesen auf der Welt.

Mitchell, 67

Kann einer von uns, ob Therapeut, Klient oder beides, hoffen, solche Weisheit, solch eine Stufe des In-der-Welt-Seins zu erlangen? Nein. Etwas zu erlangen, setzt einen angestrengten, meist egozentrischen Versuch voraus, der uns von dem, was wir suchen, trennt, noch bevor wir begonnen haben.

Wenn wir auch nicht in der Lage sein werden, es zu erlangen, legt das *Tao te king* uns doch nahe, daß wir heilenden Erfahrungen Raum geben können. Lao Tse bejaht eine Schöpfung, in der wir zufrieden sein können, die mehr als genug für unsere Bedürfnisse zur Verfügung stellt, die wir nicht zu verändern brauchen, eine Schöpfung, in der Versöhnung stattfindet, wenn wir Mitgefühl für uns und andere finden.

Vielleicht können wir uns mit der Hilfe einer Therapeutin, Freundin, Gruppe oder Führerin der Möglichkeit öffnen, daß die Schöpfung uns nähren kann. Anstatt gegen sie anzukämpfen, können wir einen Weg finden, mit ihr im Frieden zu sein und uns kreativ ihren Rhythmen anzupassen.

Achtsamkeit ist ein wunderbares Werkzeug, um die Schöpfung zu erforschen und in unser Leben einzulassen. Wenn wir sorgfältig beobachten, werden wir Zeuge unnötiger Anhaftungen, die wir dann loslassen können. Darüber hinaus identifizieren wir uns aber auch mit dem Teil unseres Geistes, der das Gewahrsein selbst ist. Wenn wir in diesem Zustand des »Nicht-Wissens« irgenwelcher bestimmten Dinge sind, können wir Einheit und Vernetzung erfahren. Dieser Raum des egolosen Mitgefühls ist ein Zustand, der jenseits aller Therapie liegt.

Was immer auf unserem Weg geschehen mag, die Therapeuten werden nicht aufhören, sich glücklich zu schätzen, wenn wir ihnen erlauben, an unserer Pilgerfahrt teilzunehmen. Therapeuten werden fortwährend von denen bewegt, bereichert und belehrt, die auf ihrer Reise nach Gewahrsein, Wahrheit und sinnerfülltem Leben zu ihnen kommen.

Es gäbe noch viel zu sagen. Doch wie dieses kleine Buch zu zeigen versucht hat, ist es nicht hilfreich, zuviel Worte über eine Sache zu machen. Es ist besser, direkt in die Erfahrung einzutreten – bei einem Spaziergang im Park, bei der Gartenarbeit, im Umgang mit dem Chef, beim Umarmen eines Kindes oder beim Versuch einer Therapie – und zu sehen, ob Lao Tses Unterweisung von unserer inneren Weisheit bestätigt wird.

> *Wie weiß ich über die Welt Bescheid?*
> *Durch das, was in mir ist.*
> Wu, 54

Möge es zum Segen gereichen.

*Das Tao nährt,
indem es nicht zwingt.
Indem er nicht herrscht,
führt der Meister.*

Mitchell, 81

SCHLÜSSEL ZU DEN CHINESISCHEN SCHRIFTZEICHEN

Charles Chu wählte die Schriftzeichen aus Textstellen des chinesischen *Tao te king*, auf die wir uns in dem jeweiligen Kapitel beziehen.

Seite	Kapitelüberschrift	Bedeutung der chinesischen Zeichen
11	Einleitung	Der Große Weg
19	Benennen	Das Benannte
22	Die Dunkelheit bejahen	Dunkelheit
24	In das Geheimnis eindringen	Frei von Begierden
27	Willkommen heißen	Keine Handlung
29	Leer machen	Nichttun praktizieren
33	Die Erfahrung umfangen	Eins mit der staubigen Welt
36	Betrachten	Menschlich
41	Erschaffen	Leer
46	Sich verbinden	Selbstverleugnung
49	Frieden schließen	Nicht wetteifern
54	Befähigen	Sich nach getaner Arbeit zurückziehen
56	Widerstände unterstützen	Das Eine umfangen
64	Sich öffnen	Der Weise
67	Verkörpern	Der Körper
71	Vertrauen	Vertrauen

74	Die Wahrheit suchen	Große Lüge
77	Die Schöpfung bejahen	Die Weisheit ablegen
81	Beanspruchen	Hervorbringen
84	Die Natur beobachten	Die Natur
87	Die Mitte finden	Losgelöst bleiben
90	Wandern	Dem Licht folgen
94	Wieder Kind werden	Zur Einfachheit zurückkehren
99	Die Kontrolle aufgeben	Nicht beherrschen
102	Umgang mit Feinden	Der Mitfühlende gewinnt
107	Mitgehen	Fluß und Meer
112	Einfach sein	Sich selbst kennen
115	Nicht streben	Nie nach dem Großen streben
118	Springen	Verweilen bei dem, was wirklich ist
122	Sich zurückziehen	Ruhe
125	Den Horizont erweitern	Zufriedenheit
134	Die Tugend fördern	Die Urtugend
140	Die Masken abnehmen	Gegen den Großen Weg
143	Ausdehnen	Die Familie
149	Schluß	Kein Scheitern

ADRESSEN

Informationen über Therapie- und Ausbildungsangebot der Hakomi-Institute sind erhältlich unter folgenden Adressen:

> *Hakomi Institute*
> *P.O. Box 1873*
> *Boulder, CO 80306*
> *Tel.: (001) 303 / 443-6209*

für den deutschsprachigen Raum:

> *Hakomi Institute of Europe e.V.*
> *Friedrich-Ebert-Anlage 9*
> *W-6900 Heidelberg*
> *Tel.: 06 221 / 16 65 60*

Der Künstler *Charles Chu* ist Professor Emeritus der Sinologie und Kurator der Chu-Griffis Kunstsammlung am Connecticut College. 1945 kam er in die Vereinigten Staaten und erwarb an der University of California at Berkeley den Magistergrad in Politikwissenschaften. Er lehrte an der Army Language School in Monterey und in Yale. 1965 etablierte er am Connecticut College den ersten offiziell anerkannten Studiengang »Chinesische Sprache und Literatur« an einem geisteswissenschaftlichen Privatinstitut. Er lebt mit seiner Frau Bettie in New London.

Ron Kurtz / Hector Prestera

Botschaften des Körpers
Bodyreading: ein illustrierter Leitfaden
6. Auflage. 180 Seiten.
Zahlreiche Abbildungen. Kartoniert

Unser Körper sagt, wer wir sind: Unsere Körperstruktur ist Ausdruck unserer physischen, emotionalen und geistigen Verfassung. Sie offenbart unsere frühen traumatischen Erlebnisse und unsere gegenwärtige Persönlichkeit.

Dieser illustrierte Leitfaden zum »Bodyreading« zeigt, wie man bei sich selbst und anderen Körperstrukturen »lesen«, das Verhältnis zwischen einzelnen Körperabschnitten und korrespondierenden Emotionen oder anderen charakteristischen Merkmalen entschlüsseln kann. Die so gewonnenen Botschaften des Körpers können dann Anlaß zu gezielten Bemühungen um Veränderung und Weiterentwicklung der Persönlichkeit geben.

Dieses Buch macht Ärzten, Physiotherapeuten und Psychotherapeuten die Verfahren der körperorientierten Therapien zugänglich und bietet auch Laien hilfreiche Möglichkeiten der Erfahrung mit sich selbst und anderen.

Halko Weiss / Dyrian Benz

Auf den Körper hören
Hakomi-Psychotherapie.
Eine praktische Einführung.
Mit einer Einleitung von Ron Kurtz
3. Auflage. 150 Seiten.
7 Abbildungen. Kartoniert

Dieses Buch bietet eine einfache, praktische Einführung in die von Ron Kurtz begründete Hakomi-Methode körperzentrierter Psychotherapie. Es ist sehr verständlich geschrieben und bietet 19 Übungen zur Selbsterfahrung, die auch ohne Anleitung ausgeführt werden können.

In den ersten drei Kapiteln werden die Prinzipien vorgestellt, die Hakomi von anderen Methoden unterscheiden. Da sich im *Körper* Selbstkonzepte, Gefühle, Erwartungen usw. ausdrükken, wird er als wichtige Informationsquelle betrachtet, über den ein Zugangsweg zum psychischen Geschehen führt. Aufgabe des Therapeuten ist es, beim Klienten einen besonderen Bewußtseinszustand zu unterstützen, die *innere Achtsamkeit*, in dem Transformation erst möglich ist. Oberstes Prinzip ist *Gewaltlosigkeit*, die Vorgehensweise ist sanft und langsam.

Das vierte Kapitel zeigt die praktische Seite der Arbeit und stellt einige Techniken vor.